さくらが
ら
いましょう
渡来ななみ

さくらが咲いたら逢いましょう

渡来ななみ

第一話　さくら、さくら

――桜をいとおしむ日本人は数多いけれど、最初に見た桜の光景を脳裏に焼きつけている人間は、この国にどのくらいいるのだろう。

僕は、憶《おぼ》えている。そして、死ぬまで決して忘れないと思う。

だって、それは君にはじめて出逢《であ》えた場所でもあるのだから。

眠る君に語りかけるために、僕は、僕たちの記憶の糸の最初を辿《たど》る。

でも……本当のところ、どこを「最初」と呼べばいいのかは、よく分からない。

君が僕に出逢ったのは、あの時がはじめてじゃないから。


「……ねぇ、ママ、うたがきこえるよ」

桜の花弁《はなびら》がついた薄緑色のカーディガンの裾を引いて訴えると、おしゃべりに夢中になっていた母は、僕を見下ろして小さく首を傾《かし》げた。その耳元で真珠のピアスが揺れたことまで、鮮明に憶えている。

「あら。みんな、なにか聞こえる？」

「さあ？」「ゆうちゃんは、耳がいいのね」……現代風に言うなら『ママ友』とでも称するべき母の仲間たちは、一瞬だけ僕の言葉につき合ってくれたが、すぐにまた先程からの話の続きに興じていく。面白くないし意味も分からない大人の言葉が、ずけずけと降り注ぐ。

漠然とした孤独感。幼稚園児だって、心のない人形じゃないのに。

「ねぇ、ママ」「大事な話をしてるから、あとでね」

母親が冷たい人間だったとは決して思っていない。愛情深く育ててくれたし、僕も心から彼女を慕っていた。が、この瞬間の僕は、ずっと大事に握りしめていた母の手から、突如振りほどかれて、あてどもない中空に放り出されたような気がした。

草地に敷かれた縞《しま》模様のレジャーシートの上で、五歳だった僕は、小さく膝を震わせる。

どうして、そんなことというの。

だって、あんなにも、きれいなうたがきこえているのに。

それより、だいじなことなんて、どこにもないよ。

やよいの空は　見わたすかぎり
さくら　さくら

当時住んでいたのは、日本海に面した千里町《ちさとちょう》という小さな町だった。漁業を営む人々が多く、人口は数万人ほど。他県に引っ越した今となると、町名を言っただけでは周囲の誰にも分かってもらえない田舎だ。

幼少期を過ごした土地に、僕は、たいした思い入れを持っていない。

だけど、桜の名所である千里自然公園だけは、全国に自慢したっていいのではないかと思う。「山笑う」という春の季語がふさわしく思えるほど、山々の麓から中腹へと広がっていくソメイヨシノの群生は見事だった。

張りつめていた冬の厳しさから、ついに解き放たれたことを、世界が祝福するかのような――一斉の開花。

懐かしく、狂おしく、この世のものとも思えない桜の花々が、果てしない饗宴《きょうえん》のように視界を埋め尽くす。

子ども心にも、その光景は、どこか泣きたくなるほど壮麗だった。

——そして。

歌が、聴こえた。

やわらかで、温かく、透明な女性の歌声。

散りはじめている桜の花弁とともに。

歌そのものが風であり、陽光であるかのように。

幼稚園の先生がオルガンで歌ってくれる声なんかとは、比べ物にならない。

……母親たちのおしゃべりはとめどなく、連れられて来たほかの子どもたちは当時の僕よりもずっと小さくて、話を聞いてくれる相手が誰もいなかった。お弁当もお菓子もとっくに食べ終えていて、退屈だったというのもある。

だが、僕が一人でその場を離れる決意をしたのは、結局、母親べったりだった幼稚園児にとっての、はじめての反抗心あってのことだったのかもしれない。

よいしょ、と靴を履いて立ち上がる。この上なく勇敢な心持ちだったが、おそらく客観的に見たら、とてとて、という足取りで、僕は単身桜の海へと踏み出した。

かすみか　雲か　匂いぞいずる

桜の枝は天井のように重なり合い、その隙間で陽《ひ》が夢のように揺れる。

誰のものか知れぬ歌声は、僕をすっぽりと包み込む。

歩を進めるごとに、いつしか母親のことを忘れていた。物心ついた頃から臆病だったくせに、この時、恐怖心は微塵《みじん》も湧かなかった。戻れなくなったらどうしようかとも考えなかった。

どこまでも、気がふれそうなほどの桜、桜、桜。子ども一人など、たやすく呑《の》み込むように。生と死の境目が薄れて、その奥へと手招きされているかのように。

導かれるように、僕は走った。駆けっこは得意ではなかったが、ちっとも苦しくならなかった。

やがて、僕は奇妙なことに気づく。周囲に舞っている桜の花弁に、なぜか、透明なものが混じっていること。最初は少しずつ、だんだん進むほど、その数を増して。

幽霊みたいな桜の花だ、と思ったが、それでも怖くならなかった。

そして不意に、無限にすら思えた桜の天井が途切れて、僕は光で目が眩《くら》み、壁にぶちあたったように立ちすくんだ。

パステルカラー。

目が慣れるにつれ、幕がひらいたかのように眼前に広がった光景を、今の僕の語彙で表現するならば、この一言に尽きる。

春風になぶられる、生まれたての草に覆われた丘。

淡い水色の空。背後の山々から、のんきに流れてくる雲。

そして、陽に透ける、透明な桜の花弁。

見たことのない風景なのに、なぜか、やっと帰ってこられた場所のようでもあった。

丘の中央にどっしりと立つ、満開の桜の巨木は、幹までも半分透き通っていた。不思議な姿だったが、ほかのどの桜よりも遙《はる》かに長い年月を生き抜いてきた、格の違う存在であることは、当時の僕にも容易に察することができた。

その桜から散る無数の花弁が、まるで宙を踊る音符のようにも見える。

それほど自然に、彼女はこの光景と一体化して歌っていた。

肩まで伸ばした、薄い色素の髪が、春の陽ざしを一心に受けて光を放っている。

ひらひらした薄桃色のワンピースの肩から、のびやかに、白い腕を空へと向けて、まるで歌うことが、自由であることの同義語であるように。

いざや　いざや　見にゆかん

——不思議な桜の咲く丘をステージとし、眼下の桜の群れを満場の観客として、豊かに空間を支配しつくした歌の余韻も、僕がぽかんと立ちつくしているうちに、やがて空気へと溶けていった。

小鳥のさえずりや蜂の羽音が、やっと耳に入ってくる。

「…………」

夢中で駆けてきてしまったけれど、歌声の主を見つけてどうしようということは、まったく頭になかった。僕は丘の下から、無言でその女性を見上げる。

……と。

歌い終えた彼女が、その視界に、まっすぐ僕をとらえた。

僕は、悪いことをした場面を見つけられたような気まずさをおぼえたが、なぜか、女性はぱっと顔を明るくさせた。

「佐野くん？」

（……え？）

混乱した。

もちろん、自分のフルネームが「さの　ゆうき」だという認識はあったが、当時は苗字《みょうじ》で呼ばれるのに慣れていなかった。それ以前に、なぜ見ず知らずの他人が自分の名前を知っているのかという話だが。

うまく返事もできないうちに、彼女は両腕を翼のように広げて、わーっと僕の傍《そば》へと駆け下りてきた。春風になびく繊細な髪が、とてもきれいだった。あっという間に、僕は彼女に抱え上げられた。

「佐野くんだよね。うわぁ、ちっちゃい。可愛《かわい》い」

彼女のほっそりとした腕にも、軽々と空中を振り回される僕の身体。状況はさっぱり摑《つか》めなかったが、勢いに押されて、僕はこくこくと頷《うなず》いた。

頷いたとたんに、今度はしっかりと胸に抱きしめられた。

温かくて、ふんわりと甘い匂いがして、嫌な気持ちにはならなかったが、やっぱり戸惑った。やがて、透明な雫《しずく》がぽたぽたと降って来たから、なおさらに。

おそるおそる顔を上げると、女性の顎を伝う水滴が光っているのが見えた。

「ごめんなさい。ごめんなさいね」

大人が嗚咽《おえつ》しているのを目にするのは、不思議な気分だった。

「最後まであなたを信じてあげられなくて、ごめんね……」

「ゆうちゃん！　どこへ行っていたの!!」

桜の樹々《きぎ》のあいだをふらふらと戻っていると、真っ青になった母親が取り乱しながら走って来ていた。僕は思いがけない出来事の余韻で茫然自失《ぼうぜんじしつ》状態だったが、やっぱり心配してくれた母の姿に安堵《あんど》をおぼえて、その胸へと飛び込んだ。

しらないおねえさんにだっこされるより、ママのほうが、ずっとうれしい。

……まあ、五歳児だったからね。

「ゆうちゃん、見つかった？」と遠くから尋ねてくるママ友に、母は肯定の声を返し、僕には「ひとりで離れたりしちゃ、ダメよ」と小声で叱った。

僕も小声で謝りながら、母親の腕の中で、さっきの女性との別れ際の言葉を思い出していた。

――佐野悠希《さのゆうき》くん。今は分からないだろうけど、憶えておいて。

――あなたは、また、ここに来るよ。春になり、桜が咲く時に。わたしはいつも、この桜の許《もと》にいるから。

――あなたの未来を、教えてあげるから。

やがて四季が巡り、また春が訪れて、僕は小学校一年生になった。でも、件《くだん》の自然公園には足を向けなかったし、桜の花を見かけても目を背けた。母親から桜を見に行こうと誘われても、かたくなに首を横に振った。

やはり僕は、根っからの臆病者なのだ。あの時は、彼女の歌で魔法にかけられたように奥へ奥へと踏み込んでしまったけど、あとから冷静に考えると怖かった。まるで、心や身体を操られてしまっていたようで。

彼女の言葉の意味は、五歳だった僕にはよく摑めなかった。

残されたイメージは、ただ、どこまでも続く狂気のような桜、桜。

またあの地を訪れたら、今度は二度と帰れないような気がした。僕はつとめて、パステルカラーの記憶を心の奥へと押し込めた。

……ふたたび、あの『桜の歌姫』のことを思い出したのは、さらに、その二年後。三年生になって、間もない頃だ。

僕は、すくすくと勉強が苦手な少年に育っていた。自分なりには背が伸びたけど、クラスでは身長の低い方から二番目だった。

新学年になってはじまったばかりの社会の授業で、いきなり、自分たちの町の歴史を調べるという課題が与えられた。新しいクラスでの仲間意識を育てようという担任の意図もあったのだと思う。班ごとにテーマを決めて、図書室で資料を読んだり周囲の大人に質問したりして、最後に調べたことをまとめて発表する、という流れだった。

僕の属した班も、机を寄せ合って話し合った。そしてテーマに選んだのは、千里自然公園だった。

班長だった少女が一人で盛り上がって、次の日曜日、現地に取材に行こうと言い出し、僕たちメンバーは「え〜っ」と不平を漏らした。よその班でも、休日をつぶすまでのことはやっていなそうだったし。

「いいじゃない、ついでに、みんなでお花見しようよ」

班長は澄まして、そう提案した。結局、真の目的はそこだったのかもしれない。テーマを最初に挙げたのも彼女だったし。地方のニュースで、この週末はまだ花見ができそうだって予報していたし。

でも桜の見頃は過ぎているわけで、すでにもう花見をしてきた者もいる。やる気のない空気が場にただよった。

僕もとっさに、みんなと同調するように不満を零《こぼ》していた。

だが、僕が反対した本当の理由は、そんなことではなかった。

心の底で、ざわざわする感情がある。ずっと封じてきた記憶が、押しとどめられなくなり、顕現しようとしているように。

(……怖い？　何が？　桜が……？)

隠したつもりでも、無意識のうちに動揺があらわれていたのだろう。

「佐野くん？」

今では名前を覚えていない班長の少女が、いぶかしげな声を出す。

(佐野くん？)

その声が、遠い記憶に重なった。

三年しか経《た》っていなかったのに遠い記憶と言うのも、おかしいかもしれない。でも、子ども時代の三年は、主観的にはかなり長い年月だったような気がする。

この瞬間まで本当に忘れていたということは、幼かった僕は、かなり本気であの女性にまつわる記憶を消したかったのだろう。

だけど、僕だって成長していた。

ざわざわする心の底には、単純に恐ろしさだけがあるのではなく、昔にはなかった高揚も含まれていた。胸がきゅっとなるような……多分それは、好奇心。だって、

——あなたの未来を、教えてあげるから。

そんな科白《せりふ》が脳裏によみがえっていた。僕はやっと、女性に告げられた言葉の特異さに気がついた。ちょうどその瞬間、

「四班さん、テーマは決まりましたか？」

頭上から声が降って来て、僕はあやうく、驚きのあまり叫んでしまうところだった。担任の教師が各班の進捗状況を確かめて回っていただけだったのだが。

「はい！　先生」いちはやく、班長が張りきって挙手した。「次の日曜日に、みんなで取材に行くことになりました！」

まだ決定事項にはなっていなかった筈《はず》なのに。

でも、僕たちが異議を訴えるよりも早く、担任——ベテランのおばさん教師——は、ぱっと顔面に喜色を浮かべ、わざとらしく胸の前で両手を合わせた。

「あら、熱心じゃないの。ほかの班のみなさん、聞いて。四班さんは日曜日にみんなで取材に行くって言ってるわよお」

えー、という消極的な声が教室のあちこちで上がる。もう引っ込みがつかないムードになってしまった。

班長の少女が、こっそりと舌を出したのが見えた。

——そして、日曜日。

僕たち四班は、集合場所として約束した小学校の裏門へと足を運ぶこととなった。

快晴で、絶好の花見日和だったが、楽しそうなのは班長だけだった。メンバーのうち、旭山《あさひやま》という少年はまだ露骨に文句を並べていた。もう一人いた少女も、おとなしかったのでなにも口には出さなかったものの、暗くて硬い表情をしていた憶えがある。

僕としても、班長の強引な決め方への抗議の気持ちもあったし、表面上はやはり、うべなわないような顔をしていたつもりだ。

でも、どこかで、この事態を歓迎している自分がいた。もしかしたら、一人では恐怖心の方が勝ってしまって、桜の樹々を目の前にしたら足がすくんでしまったかもしれない。

小学校から千里自然公園までは、子どもの足でも、それほど遠い距離ではなかった。最初は私語を交わしながらダラダラと歩いていたメンバーたちも、町の建築物の合間から桜の色が見えて来ると、だんだんと無口になり、足を速めはじめた。

どんな目的で訪れたとしても、あの特別な花の持つ、不変の魅力が損なわれるわけではない。

花見客もまだまだやって来ている。見頃は過ぎたとはいえ、今日は日曜日だし。この田舎町にとって、桜の開花そのものが年に一度の大イベントなのだ。

ましてや僕にとっては三年ぶりに踏み込む領域である。

桜は散りはじめていたが、非現実的なほど儚《はかな》げな花の色に、やはり息を呑まずにはいられなかった。

「……えっとね」一人だけ、いかにも取材らしく、ノートや筆記用具や録音機器なんかを準備してきた班長は、公園の入り口に来ると、リーダーらしく仕切りはじめた。

「先生が教えてくれたの。管理事務局ってとこに行ったら、この公園にくわしいおじさんがいるらしいよ。髪むすんでて、いつも黒いジャージ着てるんだってさ。その人が、この公園の管理人なんだって」

「あー、俺その人知ってるかも」後ろを歩いていた旭山が、ひょいと手を挙げた。

「この辺では有名だよ。桜を見ながら、一人でずーっとしゃべってるらしいし」

「桜が友だちなんじゃない?」班長が噴き出しながら言った。黙っていたもう一人の少女も、その言葉でほんの少し、頬を緩ませる。

「あと、この公園に住んでるって、みんな噂《うわさ》してる。一年中朝昼晩、ずっとウロウロしてるからさ。とにかく、変なおっさんらしいよ」

「まさかぁ。先生が話を聞きに行きなさいって教えてくれたんだから、変な人じゃないと思うんだけど」

「ふふふ、そうとも限らないなぁ」

「わあっ!」期せずして全員の驚きの声が揃《そろ》った。

花見客が捨てたゴミを拾って歩いていたのだろう。話の通りの黒いジャージと、軍手をつけた作業員らしい中年男が、大きなゴミ袋を引きずりながら、ぽりぽりと頭を掻《か》いていた。

「俺、この公園に住んでるって、そんな噂立ってんの？」

「いや、あの、その、」本人に突然出現されて、変なおっさん呼ばわりしていた旭山は、舌が回らなくなっていた。が、その男の人はまったく気にしていないようだ。

「ってか、別に間違ってないし。ここに住んでるってのも、俺が変なおっさんっていうのもな。ははははっ」

確かに、変わった大人だった。散髪が面倒なのか髪は長く伸び、後ろで束ねられている。その髪にも白いものが混じっていて、笑うと目じりに皺《しわ》が寄るのに、不思議と年齢を重ねた雰囲気を持っていなかった。まばらに無精ひげも伸びているが、不潔な感じはない。言動も、時折、外見に似つかわしくないほど若々しく感じられる。

妙な存在感があるせいか、周囲の花見客たちが、ちらちらと彼に不審げな視線を送りながら通り過ぎていく。

「君たち、そこの小学校の子たちだよね。もしかして、大島《おおしま》先生のクラス？」

「あ、はい！」班長が代表して、急いで頷いた。そういえば、あのベテランおばさん教師は大島という名前だった。

「昔っから、その先生、俺のこと使ってくれるんだよね。生徒の自由研究のためにさ。ま、俺としては嬉《うれ》しい話なんだけど、よくこんな怪しい男を小学生に紹介できるって思うよ」「おじさん、自分で言うなって！」さっきまで舌が回らなくなっていた旭山が、ノリよくツッコんだ。「おっさん」が「おじさん」には訂正されたものの、すっかり気安い様子になっている。

旭山だけではなかった。最初は引いていたくせに、いつしか僕たちは、突然現れた中年男と対等のようにやり取りしながら、彼の案内のままに、桜の天井の下を歩きはじめた。まあ、実際におじさんとしゃべっていたのはほとんど、班長と旭山の二人だけだったけれど。

班長のせいで、今日は無理やり参加させられたということを、僕たちはすっかり忘れてしまった。自然公園の奇妙な管理人は、それほど楽しい時間を提供してくれた。

「ここに住んでいる」というのが本当か嘘《うそ》かは分からないが、彼が千里自然公園の隅々まで熟知していることは間違いなかった。町に面している日本海を、桜とともに望める絶景スポットを紹介してくれたし、千里町の山々に桜が沢山植えられた由来も教えてくれた。ドラマティックに熱をこめた語り口だったので、僕たちもつい引き込まれて耳を傾けた。

おとなしい少女の足が遅くて、沢山歩けなかったため、取材のペースはゆっくりしたものだった。それでも、小学生の取材としては成果は充分すぎるほどだった。

一方、おじさんの話を聞いているうちに、僕の胸にはだんだん、ほかのみんなとは違う疑問が生じてきた。

絶景スポットを教えてもらったけど、もちろん、あの半透明な桜の巨木には案内されていない。「透き通った桜」なんて口に出したら、班長たちに馬鹿にされそうだけど……あの桜が本当にあるなら、おじさんは正体を知っているに違いない。

訊《き》いてみたくてウズウズする気持ちと、確かめるのが怖い気持ちが、胸のうちでせめぎ合った。

そんなものあるわけないじゃないかと、一蹴されることが恐ろしかった。僕は、あの不思議な桜の記憶におびえていたんだから、逆に桜が実在していないことを不安がるというのも矛盾しているが。

質問を口にできないまま、いつしか陽が傾きはじめていた。そろそろ帰らなければならない。最後は全員で、おじさんのゴミ拾いの手伝いまでした。やはり言い出しっぺは班長だったが、今度は誰も文句を言わなかった。

「ありがとうございました！」

お別れの時間。僕たちがお礼を言うと、おじさんは「いやいや、こちらこそ」と首を横に振った。そして不意に彼は、それまであまり見せなかった真面目な顔つきになった。

「……俺は、ここの桜の由来を、沢山の人たちに知ってほしいって思ってる。だからみんな、研究発表、頼むよ。

分からないことがあったら、また来てくれ。俺はいつでも、ここにいるからさ」

たかだか小学生のクラスでの研究発表に、なにを高望みしているんだとも思うが、その時の僕たちは、全員真剣に「はい」と答えた。

一方、おじさんの、その最後の言葉で——僕の決意は固まった。

公園を出て、ほかのメンバーと「明日、また学校でね」と手を振って別れ、みんなの姿が見えなくなったのを確かめてから。

僕はUターンし、桜の中に舞い戻り、管理人の姿を捜した。

花見客の多くが家路についたせいか、公園には人影が少なくなっていた。おじさんの姿も、もうどこにも見えなくなっている。

僕は、少し焦った。

ゆっくり歩いていたとは言え、半日かけて案内してもらったから、公園内がどれだけ広いのか分かっていた。下手に歩き回ったら、おじさんを見つけるより先に、自分が道に迷ってしまうかもしれない。

時間も遅くなりそうだし、今日はあきらめるべきだろうか。でも、今帰ったら、せっかく湧いた勇気も立ち消えてしまいそうな気がした。進退を決められないまま、僕はその場に立ち尽くす。

不意に、前方で人の気配がした。顔を上げると、女性が一人、樹々の奥から歩いて来るのが見えた。一瞬、透き通った桜の許にいたあの人ではないかと驚いたが、そうではなかった。

彼女と年頃は同じくらいに思えたものの、まったくの別人だ。今では顔も思い出せないけど……意志が強そうな黒目がちの瞳と、腰に届くほど長い髪が印象に残っている。

見知らぬその人に目が吸い寄せられたのは、着物姿なのが珍しかったのと、なぜか顔立ちが班長に似ていたせいだ。もしかして班長のお姉さんではないか、と当時の僕が考えたぐらいには。

視線を感じたらしく、歩いて来た女性もこちらに顔を向ける。

「あらっ」

目が合った次の瞬間、彼女は明らかにびっくりしたような声を出したが、なぜかは分からない。僕は動揺して、思わず数歩後ずさる。

女の人は、長い髪をかきあげて、苦笑交じりに声をかけて来た。

「別に、怖がらなくていいのよ、坊や。なにも取って食ったりはしないわ」

そんなことを言われて、余計怖くなったが。白っぽい着物のせいか、別の世界の住人であるような気がしたし。……と、

「ここに、誰かを捜しに来たのかしら？」

いきなり図星をさされて、僕は仰天した。心を読まれたのかと思ったのだ。

口の中がからからに渇いていたが、蚊の鳴くような声で、公園のおじさんをさがしてます、と答えた。

すると、彼女は「なーんだ、『縁《えにし》』の相手じゃなくて、マーくんを捜してるのか」と気が抜けたような顔をした。

僕は、きょとんとしてしまう。

女の人は、あのおじさんの知り合いみたいだ。でも、おじさんよりだいぶ年下なのに、マーくんなんて呼んだら失礼じゃないのかな？　そう疑問に思ったが、もちろん口に出すことはできない。

「マーくんだったら、さっきあの辺でゴミ拾いしてたわよ」

ちょっと投げやりな仕草で、女の人は自分のやって来た道を指さした。僕は、口の中でもごもごとお礼を言って、逃げるようにその方向へ走り出した。

変わった女の人だったけど、教えてくれたことは本当だった。しばらく走ると、まだ一人で黙々とゴミ拾いを続けているおじさんの姿を見つけることができた。

「………すごい量だよね」

声をかけるより前に、まずゴミに対する感想を零してしまった。パンパンに膨らんだ黒いゴミ袋が積みあがっていた。中身がどんなものかは、さっきまで作業を手伝っていたから、よく知っている。弁当のプラスチック容器や、お菓子の包装紙、紙コップやペットボトル。中の飲食物が残されたまま放置されていたものもある。

「まったく。きれいな景色を楽しみに来たくせに、その景色を自分たちが汚していることにも気づかない連中が、後を絶たないからな。困るよなー」おじさんは、大袈裟《おおげさ》な仕草で両手を広げつつ、溜息《ためいき》をついた。そして僕の姿を見て、「まだ、なにか質問があったかな？　ほかの子ならともかく、君が戻ってくるとは思わなかった」と、瞳に不思議そうな色を灯《とも》した。

そう思われても仕方ない。今日の取材は面白かったけれど、勉強自体は嫌いだから、僕は課題に関する質問は一切していなかった。人見知りだから、知らない大人と話すのは不得手だし。

だから、すごく緊張していた。それでも、訊かなければならないと思った。

管理人は外見によらず、濃《こま》やかな人物だった。僕のそんな様子に気づくと、目線を合わせるように腰をかがめ、深く「うん」と頷いた。どんな話でも真面目に聞く、という意思表示に見えた。僕は、少し安心して、やっと口火を切ることができた。

「あの、僕、子どもの時、」

今思えば、小学三年生だった僕が「子どもの時」なんて言い出したら、普通の大人なら失笑してしまうのではないだろうか。だが、おじさんは眉ひとつ動かさなかった。頷き、無言で続きを促してくれた。

「ここで、透きとおった……」口にしてから、子どもながらに、そんなものは現実にはあり得ないのではないかと疑わしくなってきた。あの時は、夢でも見ていたのかもしれない。でも、あの女性の歌声も、抱きしめてきた彼女の身体が温かかったことも、鮮明に思い出せる。僕は目をぎゅっとつぶって、最後まで言い切った。「透きとおった桜を見たんだ。本当なんだ。……ここに、そんな桜って、ある……の？」

言い終えて、やはり後悔しながら、おそるおそる目を開けた。

管理人のおじさんは、表情を変えることなく、じっと僕の顔を見ていた。

僕を頭のおかしいガキだと疑ったわけではないことは、すぐに分かった。

「……ああ、」彼は少しの間を置いて、破顔した。それは先ほどまでの、小学生に相対するための笑顔ではなく、まるで一人前の大人へ共感と親近感を示すような、自然で穏やかな微笑《ほほえ》みだった。

「そうか、君も『縁』を持っているんだ」

「えにし……？」

おじさんのことを「マーくん」と呼んでいた、さっきの女の人も、そんな単語を口にしていた気がする。

「トキノサクラを通じた特別な人とのつながりを、俺たちはそう呼んでる」

「……トキノサクラ？」

知らない単語が次々出てくる。『俺たち』とは、さっきの女の人も含まれているの

だろうか。いろいろと分からないことだらけだったが、
「それなら、とにかく早く行かなくちゃな」
おじさんは、くるりと背を向けた。
「……トキノサクラは、桜の咲いている今しか現れないからさ」

そして僕は、管理人のおじさんの後について、少しずつ夕色に染まっていく桜の道を歩いた。五歳の時は、歌声に導かれたから迷わず駆けていけたのだ。案内人がいなければ、どこを通るべきなのかも思い出せず、散りゆく桜の樹々の中で踏み迷うしかなかったかもしれない。

歩きながら詳しいことを説明してくれたらいいのに、おじさんはずっと無言だった。それが不安ではあったが、僕もなにも訊けなかった。桜の花弁が絨毯《じゆうたん》のように広がった地面で、影法師が長くなっていく。

やがて彼は足を止めた。前方を見ると、桜の天井が途切れている。夕陽《ゆうひ》のせいなのか、それ以外の原因があるのか、その向こうのオレンジの光は、いっそう不思議に明るいように見えた。

「ここからは」おじさんが振り返った。「君が一人で行かないとな。俺は、邪魔しち

やいけない。一分一秒が大事なんだから」

「……帰って来れなくなったり、しない？」

僕は思わず、ずっと不安に思っていたことを正直に吐露した。唐突な問いだったが、おじさんは静かに首を振った。

「トキノサクラの許で出逢う相手は、君にとって大切な人なんだ。たとえ、まだ君が出逢っていない相手だとしても。そして、君のことを大切に想《おも》っている相手でもある筈だ。そんな人間が、君を困らせるようなことをするわけがないだろう？」

「…………？」

「ほら、時間がもったいない。行った、行った」

おじさんは後ずさりしてきて、大きな手で僕の背中を軽く押した。

戸惑いつつも、僕は足を前に進めた。一分一秒が大事。……意味は分からなくても、その言葉には妙な説得力をおぼえた。

桜の枝の下を抜け、その向こうの光に身を投じた。

パステルカラーの景色は、記憶にあった通りだった。

今はやわらかな茜色《あかねいろ》に染まっていたけれど。

おじさんが『トキノサクラ』と呼んでいた、半透明な桜の巨木も、まばゆい夕陽に染まっている。まるでオレンジ色の絵本を見ているみたいだ。

そして彼女は、やはりそこにいた。

トキノサクラの太い根元に寄りかかり、うとうとと眠っているようだった。昔会った時と同じワンピースを身に着けている。

僕は歩み寄った。長く伸びた影が彼女にかぶさる。

はじめて、まじまじと女性の顔を見た。色素の薄い髪に縁どられた、卵形の輪郭。すんなり通っている鼻筋。若干、童顔のお姉さんだった。無表情であってもまるで微笑んでいるように見えるのは、口角がきゅっと上がっているせいだ。

きれいな女の人だとは思ったが、特別な人、と言われても、まったくピンとこない。

（将来およめさんになる人とか……？）

一瞬そんな考えが浮かんだが、すぐに打ち消した。単純に、年上すぎると思って。

「……僕の未来を知ってるって、本当？」

思わず、声に出して尋ねていた。小声のつもりだったが、その言葉で、彼女は薄く目をひらいた。

そして、ピントが合っていないような瞳で、ぼんやり僕を見た。

「あれ……佐野くん……？」やはり一目で分かってくれたが、「さっきまで、あんなにちっちゃかったのに……」と意味不明なことをつぶやいている。まだ寝ぼけているのかと、当時は思った。

「ね、本当なの？」

お姉さんは誰なの、とか、ほかに訊くべきことはあったかもしれない。でも、僕は一番気になっていた疑問を確かめずにはいられなかった。

「本当よ。あなたが三年生になってから、ここにまた来てくれることだって、わたしはちゃんと知ってたんだから」

彼女は真顔で答えた。でも、そんなことを今告げられても、彼女が僕の未来を知っている証明にはならない。小学校の名札をつけていたから、学年は見れば分かるし。

次になにを訊くべきか、言葉がまとまらないうちに、「ああ、素敵な夕陽だわ」と彼女は立ち上がった。そして、茜色の空に向かい、あの時のように軽やかに歌いはじめた。

　夕焼小焼で　日が暮れて
　山のお寺の　鐘がなる

おてて
お手々つないで　みな帰ろう
からすといっしょに　帰りましょう

彼女が歌うと、世界中が息をひそめるかのように、それ以外の音が聞こえなくなる。ほっそりとした身体なのに、どこからこんな声量が出るのだろう。せつなく影を帯びた地平線近くの雲まで、彼女の歌声は届いているのではないだろうか。

「……そうよね。この歌の通りだ。もう帰らなきゃ」彼女は、はっとしたように声を上げた。そして「佐野くん、まだ小学生なんでしょ。暗くなってきたから、子どもはもう、おうちに帰らなくちゃ駄目」お説教するかのように断言してから、「……さみしいけどね」と、急に気弱な様子で微笑み、つけ加えた。

大切な人、という、おじさんの言葉がよみがえった。

小学生男子にその言葉の機微を実感しろと言われても、荷の重い話だ。

しかし、詳しく訊くことはできなかった。確かにもう帰らなければならない時刻だ。これ以上遅くなったら、母親に怒られてしまう。

「……分かった。帰るよ」僕は素直に答えた。そして、「桜が咲いているあいだは、お姉さんはここにいるんだよね？」と確かめた。

トキノサクラ、というのが、この半分透き通った桜の名前なら……おじさんは、桜が咲いている今しか現れないと言っていた。それなら、桜が散るまでは、この女性にも会えるのではないかと思ったから。

「お姉さんか。佐野くんにそう呼ばれるなんてなぁ。うん。わたしは、ここにいる」彼女は弾んで頷いてから、苦笑した。「でも、次に会えるのは、あなたが四年生になってからだから」

「そんなことないよ。明日、学校が終わってから、また来るから」

小学校からそれほど遠くないし、授業が終わってからでも立ち寄ることはできるだろう。そう主張したが、彼女は頷かなかった。

「……わたしは佐野くんに逢《あ》いたいけど、佐野くんは、今の生活を大事にしてね。小学校時代を過ごせるのだって、今しかないんだから」そんなことを言われても、来るつもりだった。この不思議な桜も、彼女の存在も、夢じゃなかったと分かった今、もっと詳しく真相を知りたい。もう怖さよりも好奇心の方がすっかり勝っていた。

「じゃあ、また明日！」と言い残して、僕は丘を下りはじめたが、彼女も主張を曲げず、「佐野くん。来年は忘れずに、算数の教科書を持って来てね！」と叫んだ。

……算数の教科書？

それはまったく場違いな要求に思えた。なぜ、そんなものが花見に必要なんだろう。勉強はどれも嫌いだが、その中でも算数は、もっとも苦手な科目だ。僕は顔をしかめたが、明日また理由を尋ねればいいと思って、そのまま帰途についた。

結論を言えば、彼女の言う通りになった。

実りの多かった取材の成果で、ますますやる気を出した班長が、次の日から放課後にも、発表のための準備をしようと言い出したのだ。しかも、ほかのメンバーも、その提案を受け入れた。おじさんの「研究発表、頼むよ」という言葉が、みんなの耳に残っていたのかもしれない。

僕一人が、作業の手伝いを抜けることもできなかった。

結果、僕たちの班の発表は、クラスでも随一の出来となり、大島先生にもずいぶん褒められた。貢献度が低かった僕だって、評価されると誇らしかった。

それが終わってからも、トキノサクラの許へは行かなかった。

旭山が、放課後遊ぼうと僕を誘ってくれるようになったから。いつのまにか班長も、もう一人のおとなしい少女と親しくなっていた。無口で、ふわっとした印象だったこと以外、その少女についてはなにも憶えていないが。……大島先生が、新しいクラスのメンバーに連帯意識を持たせるため、班ごとに課題を与えたのだとしたら、僕たちの班に関しては、その目的は見事に叶《かな》えられたことになる。

そして。僕は結局、歌姫の不思議な言葉に惹《ひ》かれてはいても、自分の将来を知りたいとは、それほど真剣に考えていなかったのだろう。

時間は無限のループのように続き、将来という言葉に実感が湧かなかった。両親から言われるように、勉強が嫌いでも高校に行き、大学に行き、やがては父のような平凡な会社員になるんだろうと、ただ漠然とイメージしていた。大人になるのは、つまらなそうだった。それなら、今は遊んでおかなければ、もったいないじゃないか。

桜なら来年も咲く。あの人には来年会えばいい。あたらしい友達ができたことで、僕はあっさりと、そう考え直した。

旭山は僕とはまったく違うタイプの少年だったけど、一緒にいると楽しかった。あちこち遊びに連れ回してくれて、僕の狭い世界を広げてくれたし。それに、彼のおかげで人見知りの僕にも友達が増えた。

……あいつは元気だろうか。きっと、今でも沢山の友達に囲まれていて、僕のことはすっかり忘れているだろうな。

次の春、僕はもう四年生に進級したのに、古びた三年生の算数の教科書を片手に、トキノサクラを訪れた。

僕の知らない童謡を歌っていたお姉さんは、僕の姿を見て「あれっ」と首を傾げた。

「佐野くん。また、ちょっと背が伸びたかな?」

「ちょっとは伸びたけどさ……」つい、不満を零してしまった。あたらしいクラスでは、僕が一番背が低かったので。

身長を気にしていることを悟ったのだろう。彼女は慌ててフォローするように「この先もっと伸びるから大丈夫だよ。まあ、確かに高校生になっても佐野くん、男の子にしては小柄だったけど……」と早口で言う。フォローになっていなかった。予言が当たるか分からないが、もうちょっと希望の持てることを告げてほしい。

「でも、本当はあまり背が伸びてほしくないかもな」さらに嬉しくないことを、彼女は口にする。少し悲しそうな顔で、ぽんぽんと僕の頭を叩《たた》きながら。「それって、佐野くんに逢える残り時間が、どんどん少なくなるってことだもん」

まだ事情をちっとも説明してもらっていないのに、こんなに気安くされる理由が分からない。その上、僕のコンプレックスにまで言及されたから、少し苛《いら》ついてしまったのかもしれない。

「お姉さんは毎年ちっとも変わらないね。いつも同じ服着てる」

棘《とげ》のある声音で、指摘をしてしまった。彼女の着ているワンピースは、また去年と同じ薄桃色だったし。

「ああ、それはそうだよ」お姉さんは、自分のひらひらした衣服を一瞥《いちべつ》したが、まったく気にしていない様子だ。「だって、わたしと佐野くんでは、時間の流れ方が違うもん」

仮に、僕の将来を知っているというのが事実なら、このお姉さんは、本当に僕とは違う時間の流れにいるのかもしれない。でも、それはどういう仕組みによるものなのか。将来、彼女はどういう形で僕と知り合うのか。……確かめたいことは沢山あったが、あまり知らない大人と話すのに慣れていない小学生男子に、それらの疑問を順序立てて整理し、質問することは難しすぎた。僕にできたのは、むすっとしながら「意味分かんない」と返すことくらいだった。

「わたし、嫌われちゃったかな」お姉さんは、ちょっとおどけて首を傾けたが、「でも、教科書は持ってきてくれたんだね」と、僕が手にしているものを指さした。

僕は、しぶしぶ頷いた。「……本当は持ってきたくなかった」

でも、おじさんに言われたから。


前の年、管理人のおじさんに案内されて、トキノサクラの許を訪れた日……もう暗くなりはじめていたから、おじさんと話す時間は残っていなかった。

だから、僕は後日、あらためて公園の管理事務局を訪ねた。前に来た時に、場所は分かっていた。トキノサクラから近いところに、ぽつんと小さく立っていたので。

青いドアをおそるおそるひらくと、眼鏡をかけて書類整理をしていたおじさんは、仕事の手を止めて、嬉しそうに僕を迎えた。

「やぁ、来てくれたんだ。たしか、佐野君だったよね。

いや、お見それしたよ。君の大切な相手が、桜の歌姫だったとはね」

事務局にはほかに誰もいなかったからか、彼はすぐに核心に切り込んだ。……そうだった、彼女のことを『桜の歌姫』と呼びはじめたのは、おじさんだった。

「大切な相手って言われても……あの人、だれ？　知ってるの？」

「いや、俺は知らないよ。君が将来出逢う筈の女性だってこと以外は。本人からも、事情はなにも聞いてないし。……でも、歌姫って呼ぶのがピッタリじゃないか。歌声は素晴らしいし、おまけに美人だし。いいなぁ～君は、どんなかたちでかは分からないけど、いつか、あんな女性と想い合える仲になれるなんてさ」小学生男子相手に、真剣に羨ましがっている壮年の男。でも彼はすぐに、微量の哀《かな》しさを声音に宿らせた。

「まあ……『縁』を持っているということは、よほどの事情があるんだろうから。こんな言い方をしたら、将来の君に対して失礼だな。すまなかった」

「失礼とか言われても……」大人にそんな謝られ方をしたことがなかったので、僕はどう反応したらいいか分からなかった。「本当に、あの人と僕が？」

「『縁』を持たない人間には、トキノサクラも、その許の住人も見ることはできないんだよ。声だって聞こえない」管理人は、淡く微笑んだ。「もし歌声がみんなに聴こえてたら、とっくに町中で有名になってるだろ、彼女。あれだけの声量なんだから」

確かに、それはそうだ。五歳の時、あの女性の歌声は母親たちには聴こえていなかったことを思い出す。

「けど……」僕は、渋面をしていたと思う。「あの女の人、変なこと言うんだ。来年、算数の教科書を持ってこいって」

「算数の教科書？」おじさんは一瞬、狐《きつね》につままれたような顔をしたが、すぐに快活に笑い出した。「ははは、それが将来の二人の出逢いに必要になるってことは、君、もしかして算数が苦手なのかい？」

「……!?」

「いや、貴重な二人の逢瀬《おうせ》にわざわざ算数の授業をやるっていうなら、よっぽど大事なことなんだろ。歌姫の忠告に従った方がいいよ、後悔しないようになっ」

ぽんと背中を叩かれ、僕は、がっくりと肩を落とした。


旭山と下校している時、クラスに好きな女子がいるとこっそり教えてもらったことがあった。お前にも好きな奴《やつ》がいるか教えろよ、と問い詰められたが、僕はまだ、そうした気持ちが、どういうものなのか分からなかった。

だから、「大切な人」という言葉の意味が理解できないのだろうと思っていた。

あの頃は男同士で時間を過ごす方が楽しかったし、正直、桜の歌姫よりも、管理人のおじさんの方がずっと信頼が置けた。本当に変な大人だった。『縁』を持っていると分かってからは、小学生の僕をほとんど子ども扱いしていなかったし。

おじさんに勧められていなかったら、算数の課外授業なんて受けに来なかった。

「佐野くん、もう四年生なんだから……これ、去年の教科書だよね？」

「……去年の授業も、途中で分かんなくなったから」真新しい教科書は、触れもせずに家に置いてきてしまった。

「ＯＫ」ふふ、と桜の歌姫は笑ったようだった。「わたしね、もちろん音楽も好きなんだけど、本当は小学校の先生になりたかったんだ。だから、ほかならぬ佐野くんに、その機会をもらえて嬉しい。算数って懐かしいなあ。さぁて、どのあたりから教えてあげたらいいのかな？」

嬉々《きき》として教科書を広げる彼女。勉強が楽しそうなんて、お姉さんも変な大人だって、この時は思った。

僕は彼女から目を逸《そ》らし、ぼんやりと頭上を見上げた。

そして、違和感に気づいた。

この時、公園のほかの桜はまだ開花したばかりだった。でも、トキノサクラはすでに満開だ。すでに透明の花弁が散りはじめている光景は、去年見たものと同じ。

こうして見上げると、風に乗った花弁は晴れた空を透かして青く見える。輪郭だけが、川の流れのように、天上で無数にキラキラと輝いていた。

その年から。

桜が咲いているあいだ中、僕は友達の誘いもすべて断り、不思議な歌姫の許になぜか算数を教えてもらいに行くという、奇妙な現実を受《う》け容《い》れていた。

おかげで桜前線が北上して来ると、冬が終わることが嬉しい反面、「ああ、今年も算数だ」とうんざりするような気分も湧いて来た。

……でも、僕はトキノサクラの許に通うこと自体はやめなかった。

周りに秘密を持つのが楽しい年頃だったのもある。半透明の桜の存在を、周りの人たちは知らないし、見ることもできないのだと思うと、自分だけが特別に選ばれたような気がして嬉しかった。友達と遊びに行くと母に嘘をつくことには罪悪感があったものの、パステルカラーの丘に向かっていると、自分だけの秘密基地を持てたようで、高揚する気持ちを抑えきれなかった。

また、実際、彼女の教え方はとてもうまかった。春のはじめに、去年の分からなかった単元の復習と、今年学ばなければならない単元の予習。それを毎年繰り返すことで、授業中ちんぷんかんぷんのままずっと座っていなければならない苦痛な事態も避けられた。

それに。どうして歌姫が僕のことを大切に想ってくれているのかは分からなくとも、いろいろと僕の話にも耳を傾けてくれたことは嬉しかった。友達関係での悩みごとを相談したこともあるし……取材の時おじさんに教えてもらった、千里自然公園が生まれた由来については、僕が彼女に教えてあげることができた。大人が真剣に「そうだったの」と話を聴いてくれると、やっぱり誇らしくなる。

おまけに彼女は、算数の合い間に約束通り、僕の未来を教えてくれた。

未来とは言っても、その多くが、「佐野くんは四年生の運動会のリハーサルで怪我《けが》しそうになるから、気をつけて」とか、「五年生になったら、担任の先生が厳しいから、忘れ物しないように今から習慣づけておいた方がいいよ」というような、すぐ先の出来事への忠告だった。そして、確かにすべてが的中した。

臆病な僕にとって、学校生活のささやかなピンチを乗り切らせてくれる情報は、かなり有益だった。そもそも、将来をつまらないものだと決め込んでいた僕は、あまり自分から遠い未来のことを尋ねようと思わなかったし。

でも、分数の割り算の問題なんかに四苦八苦しながら、「大人になって、こんな勉強役に立つの？」という疑問が、つい口をついてしまったことがある。だって、両親が分数の計算式を解いているところなんて、見たことがないじゃないか。

彼女は形のよい眉をひそめ、悲しそうな顔をした。女の人にそんな表情をさせてしまったことが子どもながらにショックで、僕は二の句を継げなくなる。桜の歌姫は、まるで歌っているように抑揚をつけた口調で、こう答えた。

「あなたが大人になってからの仕事に、算数とか、数学が役に立つかは分からないわ。ある時点から先のあなたの未来は、わたしには知ることができないの」

わたしには、という言葉に、彼女はほんの僅か、力を込めていた。

「ただ、あなたに確実に出逢いたいから、わたしはあなたに算数を教えているだけ。歴史とか、暗記中心の科目はまだしも、算数は、概念を理解するプロセスを積み重ねていかないと、あとから勉強し直すのが大変だもの」

「……むずかしくて、よく分かんないよ」

「ごめんね。でも、わたしが勉強を教えてあげられる時間は、長くないから。本当はこんなことをするより、あなたと、違う時間の過ごし方をできたらいいのにね」

……うん。

今なら、分かる。君がそんな本音を零した、その意味について。

でも、内気である上に、なにも知らなかった僕が、勉強を教わるほかに君とどんな時間の過ごし方をできたのかは、ちょっと思いつけないけどね。


僕は、歌姫の言葉に神妙に頷くしかできなかった。

無数の桜が咲き連なる自然公園を擁した田舎町には、今はもう住んでいない。

小学校を卒業する頃に、会社員である父親の異動が決まり、いくつか県境を越えた先の地方都市へと引っ越さなければならないことを、すでに予言されていた。そうなったら、もう桜が咲いても、気軽に歌姫に会いに来ることができなくなってしまう。

算数の授業を続ける気が起こらなくなったのか、彼女はすんなりと立ち上がった。

いつしか日が暮れはじめて、空はもう、茜色から藍色のグラデーション。

桜の歌姫は、また歌いはじめた。ミュージカルでもあるまいし、普通の人間なら唐突な行為なのに、彼女のそれは、いつも呼吸をするように自然だった。

春は名のみの　風の寒さや
谷の鶯《うぐいす》　歌は思えど

夕陽が、トキノサクラと、歌姫の白い肌を同じ色へと染めている。

彼女の表情は、逆光でよく見えなかった。歌声に一切のよどみはない。でも、なぜか、僕はまた、この女の人が泣いているんじゃないかと思っていた。

桜の樹々を揺さぶりそうなほどのビブラートに、なぜか心がしめつけられた。

時にあらずと　声も立てず
時にあらずと　声も立てず

君はあの頃、肝心なことはなにひとつ教えてくれなかったよね。

今の僕なら、分かるよ。

きっと、君の方には言いたいことが山のようにあったに違いない。……でも、きょとんとしてばかりの小学生の僕に、なにも言える筈がなかっただろう。

だから……君は、歌ったんだ。

ほかにはなにも、できなくて。

僕は当時なにも知らなかった。でも……あの時、誓ったのかもしれない。

この人の望むことを叶えてあげたいって。

受け身で言葉に従うのではなく、僕自身の意志で。


やがて、いつも通りに彼女の予言が当たり、父親の異動が決まった。

僕は歌姫の住まう町を後にした。旭山や、ほかの友達も大いに別れを惜しんでくれたが、どうしようもないことだった。

お小遣いで簡単に往復できるような距離ではなかったので、中学生時代には千里に戻ってみることができなかった。

彼女の方は、当分僕が来ないことをもう知っていたのだろう。僕がどんな風に中学校で悩み、その時どうしたらいいかという策はすでに授けてくれていた。……そして、進路については、引っ越し先の都市の、とある私立高校を受験するようにと強く勧められた。

はっきり言って、僕の成績では合格するのが難しいレベルの高校だった。しかも、なぜそこへ進学しなければならないか、理由は教えてもらえなかった。ただ、入学したら部活には絶対に入るようにと念を押された。

小学生の頃からずっと、桜の歌姫の予言に頼りながら学校生活を送っていた僕だ。彼女の導いてくれるレールから外れた生き方をするなんて、もはや考えられなかった。助言さえよく聞いていれば、大きな失敗をして恥ずかしい思いをしたり、必要以上に傷ついたりしなくて済む。それを身に沁《し》みて、経験してきていたから。

お年玉を貯《た》めておいて、高校生になったら、また歌姫にその先の予言を訊きに行こうと思っていた。ある時点から先のことは分からないそうだけど、まだ、その時がいつだとは示されていない。まだ、お別れが来るとも告げられていない。それなら必ず、また会える筈だ。

それより、まずは目前の受験だった。合格できなければ、きっと歌姫を失望させてしまうだろう。

母親は、もちろん僕が勉強にやる気を出したことを喜んでくれたし、塾に、教材にと協力を惜しまなかった。一人っ子だから、なおさらに。

さて、無事に「サクラ咲く」結果を迎えられたか、どうか。

結論から言えば、僕は運が良かった。

一部の校舎がレンガ造り風だし、ブレザーの制服はデザイナーの手によるものだし、おしゃれな高校だということは歌姫から聞いていた。僕にとっては、それは別に重要な要素ではなかったが。

部活に入れとは重々命じられていたので、入学して間もないうちに、新入部員を勧誘している部室棟を訪ねてみた。その周辺で、先輩たちがブースを並べてチラシを配っている。にぎやかな校庭では、透明ではない普通の桜が風に舞っていた。

ところで一体、どの部活を選んだらいいんだろう。中学生の時はろくに部活動をやっていないし、趣味らしい趣味も持っていない。それに歌姫には、どこに入部すべきだとは指定されていなかった。

入学前の春休みに、また歌姫の予言を訊きに行けばよかったのかもしれない。だけど、僕は新生活の準備だけではなく、高校の教科の予習にも追われて忙しかった。せっかく入学できたのに、授業についていけなくなるのが不安だった。勉強はやっぱり好きにはなれなかったが、歌姫にがっかりされるのが怖かったから。

だから、もう部活選びは自分で考えるしかない。

運動は苦手なので、文化系のクラブを選ぶことは絶対だ。僕の性格上、なるべく地味な活動にしておきたい。演劇部とか合唱部とか、人前に立つようなものは勘弁だ。

……そんなつもりだったが。

なじかは知らねど心わびて
昔の伝説《つたえ》はそぞろ身にしむ

(これ、「ローレライ」だ)

誰かさんのおかげで、すぐに歌の名前を思い出せるくらいには、僕は古い童謡や唱歌に詳しくなってしまっていた。

同時に、激しく混乱した。この歌声は、聴き間違えようのない、桜の歌姫のものじゃないか。なぜ、歌姫の声が、遠く離れたこんなところで聴こえてくるのか。この先の予言が欲しいあまり、ついに幻聴が聞こえるようになってしまったのか。

——が、幻聴ではないと、すぐに分かった。僕だけではなく、周囲にいる誰もが手を止め、おしゃべりを止めて、その透き通った響きに聴き入っていたから。

寥《さび》しく暮れゆくラインの流れ
入日に山々あかく栄《は》ゆる

彼女の声で夕暮れの情景を歌い上げられると、行ったことのないライン川ではなくて、やはりトキノサクラの許で仰いだ夕焼け空が脳裏によみがえってきてしまう。

僕は、その場でじっとしてはいられなかった。

まさに、歌声で海に引き込まれる舟人のような心境で。はじめて歌姫の声を聴き、操られるように桜の海に踏み込んだ、五歳の時のように。

若干ふらふらとしながら、でも次第に足を速めて、部活棟に入っていった。歌声は、上の階から響いてくる。千里自然公園にずっと足を向けなかった僕なのに、たまらなく苦しいほどの懐かしさがあふれ、高揚感のまま階段を駆け上がった。

普段は引っ込み思案なくせに、歌声が聴こえてきた部屋の扉を、ノックもせずにひらいてしまった。

そこは、合唱部の部室だった。びっくりしたのか、室内で佇《たたず》んでいた少女が、弾《はじ》けるように振り返る。

ほかの部員たちは、新入部員の勧誘のために出払っているのだろう。部室にいるのは、彼女一人だった。その姿を目にして、僕は呼吸が止まるかと思った。

「なんで……ここに、いるの？」

色素の薄い髪で、若干童顔で、口角がきゅっと上がっていて。

同じ高校の制服を着ているが、そこにいるのは間違いなく、僕がかつて、ずっと桜の時期を一緒に過ごしてきた歌姫だった。

だけど。

「………えっ？」僕の顔を見つめ返した少女は、困ったように首を傾げた。明らかに、僕の顔に見覚えがないようだ。「人違いじゃ、ないですか？」

「だって……」僕は、口ごもってしまう。常人には真似《まね》のできない美声の持ち主である上に、顔もそっくりなのだ。別人だと思う方がおかしい。

けれど、名前を呼ぶことはできなかった。僕は、桜の歌姫の本名を知らない。

いつもトキノサクラの許で二人きりだったし、名前が分からなくても不便はなかった。必要があれば「お姉さん」と呼んでいたが、どうみても同年代の少女に、そんな言葉はかけられない。

あらためて見れば合唱部の少女は、僕の憶えている桜の歌姫よりは年下だ。彼女はやはり、高校生である。予言された通り、成長しても小柄な僕だったが、彼女は僕より背が低く、童顔の歌姫よりも幼く見えた。

小学生の時は、大人の年齢なんて判じることができなかったが、今思い出せば、多分歌姫は二十歳ぐらいではなかったか。大人だと思ってきたあの人が、意外に近い世代に感じられることに、僕は驚いた。

もしかしたら、ここにいる少女は、歌姫の妹か、あるいは親戚かもしれない。そんな考えがよぎり、僕は千里町の名前を出して尋ねてみたが、少女もやはり、僕の生まれた小さな田舎町を知らなかった。

「………」

納得はできなかったが、目の前にいる女子生徒が困惑している事実は、どうしようもない。僕は質問をあきらめ、人違いを詫《わ》びるほかなかった。

ちょうどその時、どやどやと、勧誘活動をしていた合唱部員たちが戻ってきた。

「あれっ、見学ですか?」「テノールもバスも人数少ないから、男子は大歓迎だよ!」

あっと言う間に僕は、先輩たちに囲まれてしまった。みんな笑顔だが、妙な迫力があって怖い。

確かに大半が女子だ。素人の僕にも、男声が少ないと、合唱として全体のバランスが取りづらくなりそうだとは想像できた。

でも、僕は見学に来たわけじゃありません、とあわてて断ろうとしたものの、

(……いや、待てよ)すぐに考え直した。

桜の歌姫は、僕に必ず部活に入るようにと念を押していた。

ここに入部しないで、一体、ほかのどこへ行くべきだというのか。

歌姫にそっくりな少女がいることが、よもや偶然とは考えられない。

思い出せ。公園の管理人のおじさんは、桜の歌姫のことをなんと言っていた?

——トキノサクラの許で出逢う相手は、君にとって大切な人なんだ。

——たとえ、まだ君が出逢っていない相手だとしても。

もしも……目の前の少女の数年後の姿が、あのトキノサクラの許の歌姫だったとしたら、今は僕のことを知らなくても、無理はない……?

にわかには信じ難《がた》いが、そんな推論が頭をよぎり、僕は言葉に詰まった。

そうして、ろくに返事もできなくなっている僕の前に、少々強引な先輩たちが入部届けの書類を持ってきてしまう。歌いたいとは思わなかったが、……僕は、抵抗しなかった。

　そののち、最初の部活の日。

　どのパートで歌うかを決めるために、指導の先生のピアノに合わせて、声を出してみた時。

「あら？」化粧の濃い音楽教師は、意外そうな顔をした。「佐野君、合唱部にいた経験はないのよね？　声が小さいから、大丈夫かしらって思ったけど……ブレスとか、腹式呼吸の仕方が、初心者にしては上手だわ」

　隠れた才能があったわけではなくて、門前の小僧なんとか、という奴だろう。声を合わせて歌ったことは一度もないけれど、僕は、あんなに間近で、たぐいまれな歌い手の呼吸を感じてきたのだから。

　僕はテノールに配属された。まあ、一人で歌うわけではないから思ったより気が楽だと、この状況を受け容れた。同じパートの先輩たちも親切だったし。やっぱり、男子部員の人数が減ると困るから、退部されたくないという理由かもしれないが。

　それに……また歌姫に逢えた時、今度は一緒に歌えたらいいと思った。もちろん彼女の歌の足元にも及ぶことはできないが、僕がどんなに下手でも、彼女は喜んでくれるような気がした。

しかし、自分でも歌うようになってみて、あらためて桜の歌姫の凄《すご》さが実感できるようになったのも事実である。それは同時に——歌姫にそっくりな合唱部員の彼女についても言えることだ。

名前は、千原茜《ちはらあかね》。僕よりも一年先輩だった。

部員の誰もが、彼女にはとても敵《かな》わないと一目置いている。小さな身体だが、声量も声域の広さも段違い。もちろん、ソロパートを任せられると実力をいかんなく発揮する。個性の強い歌い手は、合唱に入ると全体の和を乱してしまうこともあるそうだが、彼女に関してはそうしたこともなかった。

おまけに見た目も可愛いから、千原先輩に想いを寄せるゆえに合唱を続けている男子部員も何人かいるらしい。そのせいか、合唱部の部室にいると、千原先輩についての噂を耳にすることも多かった。

彼女は、周囲から、声楽の道を進むことを嘱望されている。が、誰もが羨むような才能に恵まれているくせに「歌うことで食べていけるほど、世の中は甘くないと思う」と、本人は消極的だそうだ。童顔であるため、年齢より幼く見える外見に反して、かなり現実的な考え方の持ち主なのか。

先輩自身は子どもが好きだから、小学校の先生になりたいという夢を持っているらしい。そう聞くと、桜の歌姫の言葉との符合に、胸が高鳴った。

やはり、千原先輩が桜の歌姫なのか。……一人でいる時は、よく古い童謡や唱歌を歌っているところまで同じだし。

でも、僕には自信がなかった。彼女は、あきらかに僕にとって、高嶺《たかね》の花だと思えてならない。最初の日に気まずい思いをしたこともあり、話しかけにくかったし。

それに、僕は先輩の姿を見ることがつらかった。

幼稚園児の時、はじめて桜の歌姫に出会ってから、ずっと訳も分からず大切に扱われて来た。

五歳の時に母親へおぼえていた思慕と似たような感情を、いつしか桜の歌姫に対して抱いていた。大切にされて、気遣ってもらって当たり前。もしも、話に真剣に耳を傾けてもらえなかったら、裏切られたような気分になってしまうだろう。要するに、僕は桜の歌姫に対して甘えているのだと、認めざるを得ない。

だけど、歌姫とそっくりの千原先輩にとって、僕は……当然、合唱部員の中の一名にすぎない。名前くらいは知っていても、あいさつくらいは交わしても、それ以上、なんの興味もない他人。

そんな関係でいることが、苦しかった。

僕は……臆病だ。幼かった頃からは成長したつもりでいたけれど、そんなことはない。自分の気持ちに向き合うことに、こんなにおびえてしまうほど臆病だ。

パステルカラーの春の丘で軽やかに歌っていた彼女を想う。

夕陽に照らされ、なぜか泣いているようだった彼女を想う。

逢いたかったくせに、また逢う時のために生きてきたくせに、忙しいとか交通費がかかるとかいう、つまらない理由をつけて……どうして、一度も逢いに行かなかったのだろう。

あれは、初恋だったのに。

本当に、桜の歌姫と千原先輩は、同一人物なのか……？

逡巡《しゅんじゅん》しているあいだにも季節は過ぎる。高校生活は忙しく、時間が経つのがずいぶん早く感じられた。桜はとうに散り、若葉は萌《も》え——いつしか一学期どころか、夏休みももう終わっていた。

「なあ。いよいよ、佐野も舞台デビューだな」

ある日の部活の終わり、同じテノールの奈良《なら》先輩に話しかけられた。お調子者っぽい雰囲気がなんとなく旭山に似ているせいか、僕にとって一番話しやすい先輩だ。

彼の言う通り、秋には文化祭や市のコンクールと、いよいよ合唱部としての本番が待ちかまえている。

「あ……そうですね」僕は曖昧な笑みを浮かべた。できるだけステージでは陰に隠れていたかったが、背が低いことが災いして、最前列に立つことがもう決まっていた。文化祭には母も観に来ると張り切っていたので、気恥ずかしい。

「そんな顔すんなよ。お前、だいぶ声出るようになってるんだし、足りないのはあと自信と身長だけなんだから、堂々としろって」と、思いっきり肩を叩かれて、よろけてしまった。身長とか言うな。

……すると。ふざけているように見えた先輩が、急に真剣な顔になった。

「な、お前さ。ぶっちゃけ千原のこと気になってるんだろ?」

「え……?」

突然図星をつかれて、僕は絶句した。まあ、冷静に考えれば、バレるのも無理がないことだが。桜の歌姫にそっくりな顔を、どうしても目で追ってしまうから。

「行くんなら、早く行けよ。……文化祭でのステージが終わったら千原にマジで告るって言ってる奴がいるから」

奈良先輩はそれだけ言い残して、さっさと部室棟の階段を降りて行った。

僕は、ぽかんと立ち尽くしてしまう。

行くんなら、ってどういう意味だ。告る……？　ああ、僕にも告白に行けってことか。あまりに途方もなくて、なかなか言葉と意味が頭の中で結びつかなかった。

でも、確かに、千原先輩に彼氏ができたら平静ではいられないだろう。しかも、それが同じ合唱部員だったら、ここに来るのが、もっとつらくなりそうだ。

こんなに自信のない僕なのに、一縷《いちる》の望みを捨てられないのは、やはり桜の歌姫とトキノサクラの記憶があるからだろう。

だけど、そもそも、トキノサクラ――時を超えて、大切な人との『縁』を結ぶ、半透明な桜の巨木。そんなものが実在するのかという、根本的な疑問も湧いて来る。最後にあの自然公園に行ったのも、小学校を卒業する前だ。だいぶ、現実感が薄れてしまっていた。

桜の歌姫の予言にずいぶん助けられてきたくせに、今さらトキノサクラの実在を疑うのもおかしい。が、あれは夢ではなかったのだと、もう一度はっきり確かめられたら、僕と千原先輩を結ぶ運命の糸を確実に信じられそうな気がする。……そうでもしないと、自分から先輩に近づくなんて、臆病な僕にはできそうにない。

でも、桜の季節以外には、トキノサクラは姿を現さないし、来年の春を待てば文化祭には間に合わない。せっかく千里に帰っても、トキノサクラの実在を確かめられなかったら意味がない。

(……いや、そうでもないか)

僕は、やっと思い出した。むしろ今まで思い出さなかったのが不思議なくらいだ。トキノサクラを実際に見ることができなくても、その存在を語ってくれる人がいるじゃないか。

僕にトキノサクラについて教えてくれた、公園の管理人のおじさんが。

母親に「久しぶりに旭山たちに会いたいから、千里に遊びに行きたい」と頼んでみると、「あら、じゃあお小遣いあげなくちゃ。ゆうちゃん、お勉強がんばってるから、息抜きだってしなくちゃね」と、あっさり交通費を工面してくれた。里帰りは、こんなに簡単なことだったのだ。

まだ残暑の気だるさもただよう、九月の連休。僕は新幹線とローカル線を乗り継ぎ、生まれた町へと向かった。たいした思い入れのない場所だが、見慣れた駅や町並みを目にすると、やはり帰って来たという感慨もおぼえた。

旭山や、ほかの友達に会いたい気持ちも嘘ではなかったが、日帰りなので、スケジュール的に無理そうだ。母親に嘘をついてしまったことは、少し後ろめたかった。

自然公園に着いたが、桜の季節ではないので、ほとんど人影がない。多くの人々に桜がもてはやされるのは、ソメイヨシノが咲く短い期間だけ。一時のお祭りのようなものだ。それ以外の季節、桜という花はまるで世界から存在を忘れられている。

古い記憶を辿って管理事務局を捜すが、それより早く、公園内で柵の修理作業をしていたおじさんが、僕を見つけて手を振ってくれた。

「おー、佐野君だ。久しぶりだね」

小学生の頃に比べたら僕の見た目も変わった筈だが、大きくなったね、というようなお決まりの科白は口にしない。彼には、他人の年齢というファクターはあまり関係がないようだ。

おじさんの姿は相変わらずである。長い髪を後ろで結わえ、黒いジャージを羽織っていて……記憶にある姿とまったく変わらない。

桜の歌姫もそうだろうな、と思った。いつも同じワンピースを着ていた彼女は、僕とは違う時間の流れの中にいるようだった。きっと今逢っても、歌姫は昔のままの姿をしているだろう。

――無意識に抑圧していた問いが、かすかに頭をもたげる。もしも千原先輩が桜の歌姫と同一人物なら……一体、二十歳前後まで成長した彼女の身に、なにが起こるのだろうか。

「そうだ、俺、佐野君にどうしても見せなくちゃいけない場所があるんだ」おじさんがそう言い出して、工具を片づけはじめたため、僕の思考はそこで打ち切られた。

「え……でも、おじさん仕事中じゃ」

「いいんだよ。『縁』を持っている君には、是非とも伝えなくちゃ」

えにし、という言葉が僕の耳朶《じだ》でやわらかく響いた。

それだけで、過去の記憶が現実だったと確信するには、充分だった。

「樹木葬の、墓地……？」

連れて行かれた道のりには、見覚えがあった。

はじめて、このおじさんに会った時――取材として旭山たちと一緒にこの公園を訪れた時に、海の見える絶景スポットとして教えてもらった場所だ。天気もよかったため、青い水平線がくっきりと見えた。

でも、公園の風景は昔とは異なっていた。

千里自然公園には基本的に人の手が加えられていないが、ここの敷地《しきち》だけは、ほかの空間と区切られている。広場が整備されていて、遠い日本海を望むように献花台が置かれていた。不思議と違和感がなく、景色と馴染《なじ》んだものだった。

墓地、と言われても、墓石のようなものは見当たらない。

「そう。公園で一番景色のいい場所を、樹木葬の墓地にしたんだ。

自然葬って知ってるかな？　時代の変化とともに、昔のようにお墓を代々守ることが難しくなっているし、自然に遺骨を還《かえ》したいっていう人は増えてるんだよ。海洋散骨とか、宇宙葬とか」

「あー……ニュースか新聞で、見たことあるかも」

「その自然葬の中で、樹木を墓標にして遺骨を埋葬するのが樹木葬。ここの墓地では、もちろん桜の樹を植えているんだ」その風景を見守るおじさんの目は、優しげだった。

「でも……勝手にそんなことしていいの？」墓地はお寺が管理するものだって、僕はなんとはなしに、そう思っていたのだが。

「おいおい、心外だな。勝手にはしてないよ。千里町と話し合って、ちゃんと行政の経営にしてもらってるさ。実現まで時間はかかったけど、この地で、桜の許で眠りたいと言うのが『彼女』の望みだったんだから……それぐらいの願いは叶えられなきゃいけないだろう。この町の恩人なんだから」

「あっ。桜を植えた女の人ですね」

おじさんの言う『彼女』が誰のことかは、すぐに分かった。

昔、取材に来た時、この桜で満ちあふれた自然公園が生まれた由来を教えてもらった。その話をすぐに思い出したから。

……第二次大戦前から、この町の山々にずっと桜を植えていた夫婦がいた。やがて夫は兵隊として召集され、二度と帰って来なかったが、妻はその帰りを信じて待ち続け、生涯祈るように、桜の植樹を続けた。

その女性も、すでにこの世にはいないが、残された桜たちは毎年咲き誇り、多くの人々に勇気を与え、この小さな田舎町にとって力を与えてくれたという。そして、町で唯一である観光名所にもなった。

おじさんは、もともとその女性の植樹活動を支える仲間の一人だったため、公園の管理人を引き受けたそうだ。

「あの時は佐野君が『縁』を持っていることを知らなかったし、言えなかったけどさ……」おじさんは、どこか遠くを見るような目をしていた。「その女性《ひと》の旦那の家系が、代々、あのトキノサクラを保護してきたらしい。で、その役割を担う者たちは、昔から『トキノサクラの守り人《まもびと》』と呼ばれていたんだってさ。……まあ、今は一応、俺が守り人として後を継いでいるわけ。血は繋《つな》がってないけどね」

「………」

小学生の時には気づかなかった。おじさんが、その女性のことを口にするたびに、優しげな、でも、ほんの少し哀しそうな……淡い表情を見せること。

「俺がこの墓地を経営しているわけじゃないから、権限はないんだけど……できることなら、ここをトキノサクラの『縁』を持った人たちが眠るための場所にしたいんだ。墓標としている桜のことも、俺は『縁桜《えにしざくら》』って呼んでる。

まさにトキノサクラもそうだけど、桜にはどこか、生と死をつなぐ架け橋のような、不思議な魅力がある……。俺も死んだ時はここで眠りたいな。自分の墓を建てたって、守ってくれる人間も、一緒に入る人間も、誰もいないし」

この管理人――本人の言葉を借りるなら、守り人――は、独身だったんだと、僕ははじめて知った。彼は、その女性と同じ場所で眠りたいんじゃないかな。

「おじさんのおかげでできた墓地なんだし、予約とかできないの？」

「生きてるうちに契約できる制度もあるけどさ、……俺の場合はそういう問題じゃないんだ」おじさんは、今度ははっきりと苦笑して、顔の前で大きく手を振った。「俺のことはいいいんだよ。俺より、佐野君のことだ」

「僕……？」

『縁桜』の話が、僕になんの関係があるんだろうと思っていたのだが……。

でも、心のどこかでは身構えていた気がする。

桜は、そしてトキノサクラは、生と死をつなぐ架け橋、とおじさんは明言した。つまり、逆に言うと、『縁』によってトキノサクラの許で出逢った相手は……。

「もし、この場所が君にとっても必要になったら、俺のところに来てくれ。『縁』を持っている君のためなら、守り人として、できる限りのことはするから」

おじさんは、そんなことを宣言した。

直視したくなかった昏《くら》い予感が、いっそう膨れ上がるような気がした。

そして、その予感は、考えられなかったほど早く的中した。

おじさんと別れ、自然公園を出た時、マナーモードにしていた携帯電話を見て……着信が何度も何度も入っていたことに、やっと気がついた。僕に電話がかかって来ることなんて滅多にないから、全然チェックしていなかった。

　発信していたのは……奈良先輩だ。

　非常事態なのは一目瞭然である。僕は、公園前のさびれた商店街の片隅で立ち止まり、おそるおそる、折り返し電話を入れる。

「おい！　電話出るの遅いぞお前」

　普段とは別人のように激昂《げっこう》している先輩。怒鳴られたことより、なにがあったのかという恐怖が大きく、僕はろくに謝ることもできなかったが、

「……あの、一体どうしたん……」

「千原だよ！」目の前が真っ暗になるとは、こういうことを言うのか。「あいつ、交通事故に遭ったんだ！　部長たちと、コンクールが終わった後に歌う楽譜を選びに行ってたらしくて、交差点でダンプカーに……」

　重体で……

　　今も、意識不明で……

……ソリストは、別の生徒が担当することになった。もちろん、千原先輩の歌声に

敵う筈がないが、仕方ない。

僕たち合唱部の部員は、もちろん何度も、千原先輩が入院している病院を訪れた。面会謝絶の時期が過ぎても、目を覚まさない彼女の病室へ。

先輩の小さな身体は、沢山のチューブやコードに繋がれていたけれど、表情はまるで普通に眠っているようだった。非現実的な光景なのに、その寝顔が、いつか夕暮れのトキノサクラの許で見つめた、眠る歌姫の記憶と重なって……周囲に誰もいなければ、僕は取り乱していたかもしれない。

彼女の両親は、僕たちが先輩に話しかけ続けることを望んでいた。

「人間って、こういう時でも、耳は聞こえている可能性があるそうです」

涙ながらに、僕たちにそう頼んできた先輩のお母さんは——おそらく、自身も毎日、娘へと語りかけ続けているのだろう……。

先輩が目覚めないまま、文化祭が終わり、市の合唱コンクールが終わり、期末テストのシーズンも迫る。クリスマスも、年末年始もやって来る。当たり前のことだが、

人間が一人、死の瀬戸際にいたところで、世界はなんの関係もなく時間を進めていくのだと、僕ははじめて知った。

現実を受け容れられないまま、それでも僕は、こうなってしまう前に先輩に近づく勇気がなかったことを悔いていた。

時間は、無限のループなんかではなかったのだ。

無情なことだが、先輩の許を訪れる合唱部のメンバーも、少しずつ減って行った。年度が変わって学年が上がったせいもあるが。

夏が来て、秋が来て、また冬が来た。時間は空虚なまま、ただカラカラと回転しているようだ。どこにも噛《か》み合《あ》わない、無意味で孤独な歯車のように。

たびたび千原先輩の病室を訪れ続けているのは、いつの間にか僕一人になっていた。……先輩の学年は受験シーズン。仲の良かった友達でも、今は、それどころではないんだろう。彼女に恋をしていたのは僕一人ではなかった筈だが、みんなあきらめてしまったのだろうか。

見舞客がほかに誰もいなくなってから、僕は彼女のお母さんに頼まれた通り、少しずつ、先輩へと話しかけはじめた。先輩と親しかったわけではない僕が、なにを語ったかと言えば……。

千原先輩にはじめて逢った時に見間違えた、桜の歌姫のこと。

僕は、眠り続ける先輩にすべてを話した。五歳の時に歌姫に出逢った時から、今までのことを、たびたびつっかえ、口ごもり、繰り返し、行きつ戻りつしながら、歌姫がどんなに千原先輩にそっくりで、どんな予言をしてくれて、そのおかげで小学生の時から僕がどんなに助けられたかを。

そんな僕のつたない思い出話が……この物語である。

さらに一年が過ぎていた。

大学の受験勉強を、僕は先輩の眠るベッドの横に持ち込んでいた。相変わらず数学が一番苦手だ。問題集で行き詰まるたびに、いっそ先輩を叩《たた》き起《お》こして、分からない箇所を教えてもらうことができたらいいのに、と馬鹿なことを考えずにはいられなかった。

確かに桜の歌姫は、勉強を教えてくれるのが上手だったけど。先輩だって、まだ高校で教わっていない単元なのに。……いつの間にか、先輩が意識をうしなう前の年齢を越えてしまっていた。

でも、先輩の時間は本当に止まってしまったわけじゃない。年を重ねるほど、ますます歌姫に瓜二《うりふた》つになってくる気がする。瓜二つというか、本人だということを、僕はもはや疑っていなかったけど。

その時、病室のドアから、ノックの音が響いた。

「佐野くん、いつもありがとう。お勉強お疲れさま」

先輩のお母さんが、ホットの缶コーヒーとチョコレートを持って来てくれていた。最近、よくこうして差し入れをいただいている。

友人知人の中で一人だけずっと見舞いに訪れ続けている僕は、先輩の彼氏だったんじゃないかと、明らかに誤解されていた。

でも、それをわざわざ否定したい気持ちは湧いて来なかった。ちょっと後ろめたいものの、そう思われていた方が先輩の傍にいやすいし。

もし先輩が目を覚ましたら、真実がバレてしまうけど……それでもいい。なにがどうなろうが、彼女が意識を取り戻してくれるのが、一番いい。

「でも……」先輩のお母さんは、心配そうな顔で、こんなことも諭してくれた。「いつも足を運んでもらって、とても有難《ありがた》いけれど、心苦しい気持ちもあるわ。茜だって、ずっと佐野くんが傍にいてくれることは嬉しいでしょうけど、申し訳ないとも思ってるんじゃないかしら。好きな人の気持ちは、考えてあげなくちゃいけないわ。佐野くんの高校生活だって、今しかないいんだし」

そういえば、桜の歌姫からも似たような言葉を聞いていたっけ。

『……わたしは佐野くんに逢いたいけど、佐野くんは、今の生活を大事にしてね。小学校時代を過ごせるのだって、今しかないんだから』

けれど、歌姫は寂しそうだった。僕の気持ちを尊重したいけど、本当は逢いに来てほしいんだって、顔に書いてあった。

……僕は先輩が事故に遭ったのちも、いまだに故郷の桜の歌姫の許を訪ねていない。決して、忘れていたわけではない。ただ、歌姫の姿を見ると、本当に千原先輩は二十歳前後で亡くなってしまうのだと実感してしまいそうで、それが怖くて……。

お母さんに挨拶をして、病室を出た僕は、一人で首を振る。

このままじゃ駄目だ。一番怖いのは、命の危機に瀕《ひん》している先輩自身だろうに。

このままの僕が、桜の歌姫……千原先輩にふさわしい筈がない。

――好きな人の気持ちは、考えてあげなくちゃいけないわ。

それは先輩から僕に対してではなく、僕から先輩に対して、言えることだ。

歌姫は僕を待っている。ずっと、トキノサクラの許で待っている。

大学受験が終わったら、今度こそ歌姫に逢いに行こう。

今度こそ、一分一秒を惜しんで。


先輩が目を覚ましたのは、ちょうど、その直後だったらしい。

目をひらいた先輩は病室をぼんやりと見つめながら、傍にいたお母さんに、開口一番「……佐野くんは？」と尋ねたそうだ。

事故に遭う前の先輩にとって、僕が特別な感情を抱く相手ではなかったことは明白だったと思う。本当に、眠っているあいだ、僕の声が聞こえていたようだ。

でも、先輩にどう思われたかということは、もはや気にならなかった。以前の僕なら、話しかけ続けた内容を気にして思い悩んだだろうが、そんなことが些《さ》末《まつ》に思えるほど、彼女が目を覚ましてくれたということが、ただ、ただ嬉しかった。

……意識を取り戻せたことが奇跡で、もう命は永くないのだとは、分かっていても。


大学に入学してからも、たびたび千原先輩の病室を訪れた。

リンゴの皮を剝《む》いていた時に「お母さん、佐野くんのことを、わたしの彼氏だと思ってるみたいだけど」……と言われた時は、あやうく指を切りかけたが。

「先輩……あの、眠っているあいだに僕が話したこと、どれくらい憶えてますか？」

「どこまで夢で、どこまでが現実だったのか、よく分からない。なんだかお伽噺《とぎばなし》みたいだったし」先輩は枕に頰を埋めながら、そんなことをつぶやく。「……正直、戸惑ってる。佐野くんが、どうしてわたしのことを、こんなに大切にしてくれるかってこと。なんだか昔からずっとわたしを知ってるみたいな雰囲気だし」

「……そうかもしれません、僕」

「うーん、全部信じろって言われても、ちょっと困るんだよなー」

「そのことなら、最初逢った時にもう謝ってもらってますし、気にしていませんよ」

「また変なこと言う～。佐野くん、おとなしそうな後輩に見えてたのに、こんな変な人だと思わなかった。……でも」先輩は困惑の色を見せながらも、点滴のチューブがつたう細い腕で、弱々しく僕を指さした。「とにかく、あなた、敬語禁止」

「……はい？」

「わたし、こんな状態なのに……傍にいてくれるあなたがよそよそしかったら、やっぱり、なんかさびしいじゃない。

ほかの友だちが、ほとんどお見舞いに来れないのは仕方ないって分かってる。みんな、今のことや、将来のことがあるから忙しいよね。なのに、ずっとあなたが一緒にいてくれたのは……眠ってるあいだ、二年もずっと来ていてくれたのは、わたし、やっぱり嬉しいの。たとえ、あなたが変な人だとしてもね。……だから、敬語やめて。お願い」

「分かりまし……分かったよ、先輩」

「先輩じゃないの。茜でいい」

……茜。

こうして君の傍にいられるようになってから、やっと分かったよ。

本当に怖いのは、話を信じてもらえるかってところじゃない。

本当に怖いのは、茜——君を、うしなうことでもないって。

君と一緒に過ごせる筈の時間を、過ごせないまま終わることの方が、ずっと怖い。

出逢えた意味を、無意にしてしまうことの方が、ずっと怖いんだ。

「あー、歌いたいな……」

茜はよく、そう零した。病室の無機質な天井を見上げながら。

実際、彼女の声は別人のように弱々しくなっていた。肺活量は一体、どのくらい残っているだろう。以前の何十分の一か、もっとなのか。

「遠慮しないで、歌えばいいじゃない。僕、茜の歌を聴きたいな」

「今の声で歌いたくないし、聴かれたくない……」

普段は気丈に振る舞っている茜だが、もう歌えないことを思うと、悲しみを押し隠せないようだった。

「……大丈夫。君は、また歌えるよ」

君が、あのトキノサクラの許に立ったら、
そして、どこまでも続く一面の桜を目にしたら、
どんなに数えきれないほどの歌を憶えていたとしても、まずは「さくら、さくら」と歌わずにはいられないだろう。

君の存在、想いのすべてを、優しい春の空へと解き放つように。

そして、その歌声で、君はこれから、小さな僕を呼び寄せるのだ。

……『縁桜』について話すのは、勇気が要った。

命が助からないってことを前提にしなければ、切り出せない話だから。

でも、僕たちがまた出逢うために、伝えなければならない話でもあった。

茜は、意外そうな顔をしなかった。

「あなたが生まれた町で、桜の許で眠れるの……？　それって、素敵な話ね」

そんな言葉で、僕の提案を受け容れてくれた。

桜に特別な想いを抱いていない日本人なんて、探す方が難しいかもしれない。


その次の春――

僕はやっと、桜の季節の故郷へと、ふたたび向かうことができた。

公園の管理事務局で、守り人のおじさんと大切な話をした後に、
本当に久しぶりに訪ねた、パステルカラーをした春の丘で。

昔と同じように、満開のトキノサクラが、透明な花弁をキラキラと世界に舞わせ続けている。

記憶の姿と寸分たがわず、薄桃色のワンピースを着た茜が、そこで待っていた。今も病室で寝たきりの彼女とは別人のような、昔のままの健康的な姿に、僕は目頭が熱

くなった。

もう亡くなってしまった人に、健康的な姿って言うのもおかしいけれど。

「ずっと来れなくて、ごめん」

「いいよ」すべての苦痛から解き放たれたように、茜は笑っていた。「佐野くんがどんなに弱虫だったか、あなたの昔の思い出話で、よーく分かってたもん」

「……面目ないよ」

「大丈夫。全然待ってないから。わたしにとっては、ほんの一瞬の出来事だもの」

茜が、僕へとまっすぐに手を伸ばしてくる。僕は、その薄く小さな手のひらを両手で包み込む。それは桜の花弁よりも、もっと儚い存在のようだった。


病室の茜が亡くなったのは、それから間もなくのこと。

桜が散り終えた後の、青葉のみずみずしい季節だった。

「……わたし、これからも、あなたと一緒に生きたかったたな」

今わの際に——茜はささやいた。

僕だって、そうだよ。心から、同じことを思っているさ。

でも、僕たちは、そうなれなかったから……だからトキノサクラは、過去と未来を、生と死を繋ぐ、時間のループを結んでくれたんだね。

「僕のこれからの人生は、一緒に生きられないけれど……」自分に言い聞かせるように、僕は答えた。「でも、これまでの僕の人生は、全部、君のものだよ」

真実、その通りになるよ。……万感の想いをこめて、そう告げた。

僕の言葉を最後まで信じられなかったという茜は、それでも、安心したように目を閉じてくれた。

トキノサクラの許にいた、桜の歌姫がどんな存在だったのか、今はもう知っている。
幼い時に、桜の季節に出逢い続けていた女性は、
僕の大切な人が、彼女自身の一生ではなくて、僕のこれまでの一生を、
これから永眠する桜の海で垣間見《かいまみ》た、一瞬の走馬燈《そうまとう》だったのだ。

――瞼《まぶた》の奥に、いつでも浮かんで来る風景がある。

とこしえに歌い手をうしなったトキノサクラの丘と、裾野まで広がっていく無数の桜たち。アンコールはおこなわれない、桜の歌姫のステージ。

でも、あの場所は、きっと君をいつまでも憶えていてくれる。

春が巡って来るたび、生きられなかった未来の代わりに、かつての君の望みがこぼれ落ちるかのように桜はほころび……メロディはもう聴こえなくとも、懐かしい歌の残響を花弁に乗せて、連なる山々を越えて、遙かな空へと運び続けてくれるだろう。

僕はもう、歌姫の予言がなくても生きていける。

だけど、いつの日か帰ろうと思う。……君の眠り続ける、桜咲く故郷へと。

第二話　桜色の約束

桜の樹の下には屍体《したい》が埋まっている……という、有名な小説の書き出しがあるらしいけれど。

あたしとあなたの場合、それはあながち現実離れしていないわね。

桜の樹の下には、あたしたちが埋まっている。

さくら　さくら
野山も里も　見わたすかぎり

「……ん」

どこか遠くから、歌が聴こえた気がする。

頬に当たる陽の光のかすかな熱が、あたしの意識をくゆらす。

そして、また、世界の表面へと浮上していく。最初は泡のようにぼんやりと、だんだん、記憶とか人格とかを、再構成しながら。

眩《まぶ》しさに用心しながら薄く瞼を開けると、青空を透かした桜の花弁が、今年も元気に舞っていた。なだらかな山の緑もくっきりと視界に飛び込んでくる。

ああ、もう、面倒くさいったら。意識を取り戻したら、またいろいろなこと思い出したり、考えたりしなくちゃいけなくなるじゃないの。

……でも。

春眠暁を覚えずと言うけれど、春、それもトキノサクラが姿を現すシーズンにしか目を覚ませない存在としては、やはり起き上がらないわけにもいかないわ。

だって、今年こそは……あなたが来てくれるかもしれないし。

それにしても、意識が戻るのはやっぱり、いつもトキノサクラの許なのよね。マーくんが『縁桜』とか呼んでる、お墓の方じゃなくって。

かすみか雲か　朝日ににおう

眠りの中へと届いて来た歌は、まだ続いていた。歌い手は、トキノサクラの向こう側にいるみたい。

うっすら透き通っている幹を通して観察すると、若い娘が一人で歌っていた。ほれぼれするほどいい声をしているわね。声楽家なのかしら。

その上、あたしほどじゃないけど、可愛らしい娘だわ。童顔だけど整った顔立ちを、花のかんばせと評してあげてもいい。それに、あのひらひらしたワンピースは、ちょっと真似してみたい。

それにしても。彼女には、なんとなく見覚えがある。寝起きの頭をひねって、記憶を掘り起こそうと試みた。

あー、そうそう。生きている人の時間の感覚が分からなくなっているので、何年前のことか、はっきりしないけど……九つか十ぐらいの坊やと、ここで仲睦《むつ》まじく、話に花を咲かせていたのを見たことがある。

それを思い出せたのは、坊やがたどたどしくも一生懸命に、千里自然公園の由来を説明していたからだ。

「昔、この山に桜を植え続けてた夫婦の人たちがいたんだって。それでね、男の人のほうは、戦争に行っちゃって、たぶん死んじゃったんだけど、女の人のほうは、そのあとも、おばあさんになるまで、この町のために、ずーっと桜を増やし続けて……」

坊やにこんな話を吹き込んだのは間違いなくマーくんでしょう、公園のおじさんに教えてもらったって言ってたし。そう言えば、あの坊やにマーくんの居場所を訊かれたことが、あったような、なかったような。

ともかく。いつも会う時はうっかり忘れてしまうけど、この件については絶対に文句言ってやらなくちゃ。ええ、今年こそ。

「そうだったの。これだけの桜を植えるのは、大変だったでしょうね」

坊やの話が琴線に触れたのか、あの時、娘は神妙に頷いていた。坊やは、大好きなお姉さんに感心してもらって、嬉しくてたまらないって顔をしていたわ。そして、

「そうした方たちの想いが込められた大切な場所だから、ここには、こんなに不思議な桜が咲いているのかな……」

娘は透き通った巨木を、畏敬の念を抱くように見上げていたっけ。

トキノサクラの許にいたっていうことは、間違いなく、二人は『縁』で繫がっているのでしょう。今は一人でいる彼女は、きっと、あの時の坊やを待っているのね。

どんな事情があるのかは、知る由もない。トキノサクラの周りにいる人間の、見た

目の年齢は、なんの当てにもならないわ。前に見た時は片方がまったくの子どもであったとしても、二人は、実は「夫婦の人たち」になる運命なのかもしれない。

トキノサクラの絆《きずな》を結ぶ力は、時を超えるのだし。

そして、『縁』を持ってるってことは、あからさまに言っちゃえば、大抵どっちかが亡くなってる。あたしなんか、もはや生きている人間と、死んでいる人間の区別をつけられる自信がないのよね。こんなところに、本当に長くいすぎちゃって。……この二人の場合は、トキノサクラの許で待っている彼女の方が、亡くなっているのでしょうけど。

歌うことで、寂しさをまぎらわせているのかしら。かつて、仕事に打ち込むしかなかったあたし自身のように。

でも、あの娘にとって、大切な人に再会できる未来がどれほど遠く感じられたとしても、きっと、あたしが経験した年月ほどじゃない筈。そう考えると、胸の内にまだ少しだけ、苦いものがこみあげたから……とっとと、この場を立ち去ることにした。

桜は開花したばかりかと思っていたら、予想以上に咲いていた。起きるのが面倒だからって、寝坊してしまったかしら。

歩き慣れた山の、緩やかな傾斜を下っていくと、マーくんの姿はすぐに見つけられた。一本一本、桜の樹の状態を丁寧に診て回っている。

ソメイヨシノという花は、デリケートな品種なのよね。適切な環境で適切なお世話をしてあげないと、長く咲き続けることができないの。てんぐ巣病、根頭がんしゅ病など、病気にかかりやすいし。虫から受ける被害も危険。幹や根元に腐朽や空洞があったら要注意、などなど。

一般の人には意外かもしれないけど、ソメイヨシノにとっては人間も加害者なの。沢山の花見客が歩き回って根元の土を踏み固めてしまうと、樹の寿命が縮まっちゃうのよ。これからのシーズン、気をつけておくべきね。

それにしてもマーくんは、樹木医としての仕事も熱心にやっていて、感心、感心。

「おっはよー！」

勢いよく、オヤジになった彼の背中を叩いた。まぁ、トキノサクラの傍じゃないから、ここでは生者に触れられず、手のひらはすり抜けちゃうんだけど。

それでもマーくんは、大袈裟なほど驚く。

「うわぁっ。なんだ、幸《さき》さんか」

いつものことだけど、なんでこの子は、名前を呼ばれるだけでこんなに驚くのかしら。おかげで、こっちまでびっくりして、言おうとしたことを忘れちゃうのよ。まるで、たまたまあたしのことを考えていたら、そこに急にあたしが現れて、動揺したような感じ。……いや、さすがに自意識過剰か。彼にとっての大切な人は、あたしじゃないんだから。

「なんだ、とは失礼ね。マーくんがあたしに会うのは一年ぶりでしょう?」

「いや、まぁ、いい加減起きてくる頃だろうとは思ってたんだけど……」

マーくんは、なぜか言い訳がましく答えた。それから、ちらっとあたしの着ている服に目をやったけど、結局なにも言ってくれない。

お世辞でもいいから、若々しいねとか、可愛い服が似合うね、ぐらい褒めてくれてもいいのに。相変わらず、女心が分かんない子。だから、いつまでも『縁』の相手が見つからず、独り身のままなんじゃないかしら。

あーあ、いくらおしゃれしても、マーくんぐらいしか見せる相手がいないのが虚《むな》しいわ。あなた、早く来て。

「ねえ。あれから……」

「昇《のぼる》さんなら、来てないよ。もし会ってたら、聞かれなくても教えるって」マーくんは、即答した。

それは、そうね。あたしが眠っているあいだに、あなたがこの公園に来ていたら、守り人としても責任感をしょい込んでいるマーくんが黙っている筈がない。トキノサクラを介した、人と人の『縁』を繋ぐことに、すっかり使命感をおぼえているみたいだから。

「長く待つのも、つらいものだね」

桜の診断を続けながら、マーくんはぽつりとつぶやく。あたしは笑いとばした。

「大丈夫よ。信じているもの。あの人は絶対、ここに来てくれるんだから。きっと、いろいろと事情があって、時間がかかってるだけよ」

そう。十年でも百年でも、もしかしたら千年でも、あなたを待ち続けてみせる。生きていた頃はここまで割り切れなかったけど、人生を終えて、こうしてトキノサクラの住人になってから、そんな覚悟もできてきた。

あたしが目を覚ましているのはトキノサクラが咲いているあいだだけだから、生きている人とは時間の流れ方が違う、そのおかげなのでしょうけど。

……ただ、死んじゃってから特にすることがなくなって、暇を持て余してしまうのは困りもの。

「たまには家に帰って来るわ。多分、何年か帰ってないし」何年とか言っても、あたしにとっては、ここ二、三ヶ月ぐらいの時間だけど。

「ああ、そうだな」

マーくんは、素っ気なく頷いて背中を向けた。ちょっと、感じ悪い。

まあ、でも。この当代のトキノサクラの守り人も、なかなか哀れな男だもの。大目に見てあげなくっちゃね。


さらに傾斜を下っていく。まだ桜の見頃には達していないので、花見客はそれほど多くない。満開になるには、あと何日かかるかしら。

花は桜木、人は武士。……昔からそう言うけれど、やっぱり桜は年に一回、短い期間ぱっと咲いて、ぱっと潔く散るからこそ特別な存在なのよね。

なにしろ、あたしの意識があるあいだには、ずっと桜が咲いているわけよ。四季を愛する日本人として、時々、夏とか秋とか冬とかが恋しくなってしまう。桜の開花に心をときめかす昔の気持ちはもう忘れちゃった。それが、あたしにとって、思いがけないほど大きな損失である気がする。

やがて樹々の隙間から町の景色が見えてきた。

公園の入り口前からは商店街が続き、街路樹として植えられた欅《けやき》が並ぶ。カラフルな壁の住宅も見受けられるし、いくつかビルも立っている。昔と比べると、千里もずいぶん発展したように思えるけど、やっぱり田舎なのでしょうね。この町から外へ出たことがほとんどないから、あまり実感がないけれど。

……でも、田舎者だって、ちゃんと情報が手に入る時代なのよ。今は。

商店街に昔からある、有明堂《ありあけ》という小さな本屋さんに入る。目指すのはファッション雑誌のコーナー。手には触れられないから、買うことはおろか立ち読みさえもできないけど、表紙のモデルの娘を見て、最近のおしゃれをチェックすることくらいは可能でしょ?

あたし、もっときれいになりたいの。

雑誌を参考にした後、本屋さんを出て、上機嫌で家に向かう。思わず鼻歌を歌っても、周りの通行人には聞こえないから、気楽だわ。

住宅街の入り組んだ道を通り――そりゃあ、よそ様のお宅を突っ切って歩けば早いけど、いくら姿が見えないからって、守るべきマナーはあると思うの――住み慣れた我が家に帰ってきた。我が家といっても、今この家に住んでいるのはあたしではなくて、別の住人だけど。

こぢんまりした、赤い屋根の二階建て。庭は丁寧に手入れされている。白いスイートピーに似ているのは絹さやの花。あら、今年はアネモネを咲かせたのね。紫とピンクの花が可憐《かれん》に風で揺れている。

もちろん我が家には遠慮することなく、あたしは玄関の内側へとするっと移動した。長年の習慣で、つい「ただいまぁ」なんて口にしてしまう。今ここに住んでいる人たちに、「おかえり」なんて返事をしてもらえる訳がないのに。ところが、

「……あれっ？」

台所から、若い娘のいぶかしそうな声が上がる。タイミングがよすぎて、あたしは、生きてもいないのに心臓が飛び跳ねた。反射的に、そそくさと廊下の壁の中へ隠れる。

「どうしたの？」

おっとりと尋ねるのは、母親の衣笠由紀《きぬがさゆき》。彼女も同じく台所にいるようだ。

「いや、あのね。誰かが『ただいま』って、家の中に入ってきた気がしたんだ。おっかしいなー」

廊下に出てきて、しきりに首を傾げるのは、長女の亜紀《あき》。

危ない、危ない。あたしの姿が見える人間もいるんだったわ。

いわゆる霊感を持っている人に、あたしの姿が見えるかどうか……それは、分から

ないの。今のところ、そういうケースに遭遇したことがないから。

ただ、トキノサクラの『縁』を持っている人間には、確実にあたしが見える。

不思議そうにキョロキョロしている亜紀の姿を、壁の中からこっそりと観察した。

前にこの子の姿を見たのは、まだ小学校四年生の時だったわ。こんなに大きくなっていたのね。もう高校生ぐらいかしら。

大きな花柄のチュニックにデニムのショートパンツ、といういでたちをしている。

そのショートパンツには、黄色や緑の絵の具がにじんでいた。絵を描いている時に零したのかもしれないけど、結構おしゃれにも見える。

それにしても、娘らしくなったこと。肩まで伸ばした髪を明るく染めているし、銀色をした蝶《ちょう》のピアス、あれ素敵だわね。

「ひいおばあちゃんが帰って来たんじゃない？　……大好きな桜が咲いているんだもの、きっとお墓から出て来たのよ」

由紀はのんびりとした口調で、そんなことを言う。料理中のようで、ぐつぐつ煮込む鍋の音や、規則正しい包丁の音が聞こえていた。

「違うよー。さっきの、若い女の人の声だったもん」

亜紀には、本当にあたしの声が聞こえていたみたいね。……じゃあ、この娘にも誰かとの『縁』が繋がれたということなのかしら。以前は、あたしの姿は見えていなかったから、あれからの年月で、なにかあったのかもしれない。

「それに、あたし霊感はないと思う」

なぜか少し不満げに、亜紀はそうつけ加えた。

あら、変わった趣味ね。そんなに幽霊が見てみたいのかしら。どうしてもというなら、今すぐ出て行ってあげてもいいけど。

……でも、やっぱり驚かれるでしょうね。そう考えると、億劫《おっくう》だわ。

亜紀は台所には戻らず、和室の襖《ふすま》をひらいた。

「ねえ、そうだよね。ひいおばあちゃん。霊感があったら、あたし、ひいおばあちゃんのことも見えると思うし」

彼女が話しかけたのは、仏壇だった。決してきらびやかではないけど、和菓子が供えられていたり、小さな菊が活《い》けられていたりと、大切にされている様子。

その仏壇の傍らには……絵が飾ってある。

昔、あなたが描いた、素敵な絵。

あたしは、あなたの絵を観《み》るために、ここに帰って来たの。亜紀や、由紀の息災を確かめに来たわけじゃない。でも、亜紀があたしの存在を認識できると分かった以上、ゆっくりあなたの想い出《おもで》にひたることはできなくなってしまった。少なくとも、亜紀がこの家の中にいるあいだは。

直接、自分が『縁』で結ばれた相手ではなくても、トキノサクラの不思議な力で繋がれた人間同士は、生者と死者を問わず、相手の姿を見られるし、話すこともできる。だから、あたしと亜紀のあいだに『縁』が繋がれていなくても、亜紀がほかの誰かとの『縁』を持てば、ついでにあたしのことも見られるようになるわけ。

この仕組みも、時々面倒に思えるわ。自分の大切な相手だけが認識できたら、別にそれでいいのにって。

あーあ、じゃあ今は、ここにいても仕方がないわね。もう帰ろうかしら。

「亜紀はひいおばあちゃんのこと、覚えてるのよね？」

昼食の支度が一区切りついたのか、エプロンをつけた由紀が台所から出てきて、亜紀へと歩み寄った。

「うん、少しだけ。亡くなったのはちっちゃい頃だったからなぁ。だけど、ひいおばあちゃんの話は、いろんな人から聞いてるよ。この町では有名人だよね」

「そりゃあ、あれだけの桜を植えたんだもの」

由紀は窓をひらいた。レースのカーテンが春風を受けて、ふわりと膨らむ。

ここからも、千里自然公園の桜は、住宅の合い間から少しだけ見える。

「この桜の絵は、ひいおじいちゃんが描いたんだよね？」

新鮮な風に髪をなぶられながら、亜紀は今さらのように、母親へと尋ねた。

あたしは、もう壁を抜けて外へと戻るつもりだったのだけど。あなたの話が出てきたので、つい立ち去り難くなり、耳を傾けてしまう。

「そうよ。ひいおじいちゃんが、戦争に行く前に描いたの」

由紀は、淡く微笑んで頷いた。二人の言っているひいおじいちゃんは、由紀自身にとっては会ったことのない祖父だ。

「出征する前に……この絵に描かれている桜の下で、ひいおばあちゃんに、桜色の絵の具を渡したって聞いているわ。帰って来る、という約束の証《あかし》として」

「桜色の絵の具を？　へぇ、ロマンチックな話だね」

「あなたと同じで、絵を描くのが好きだったから……必ず生きて戻って来て、もう一度絵筆を執りたいって気持ちもあったんじゃないかしら」

「そっかあ」

亜紀は、しみじみと絵を見上げた。

「……あたし、戦争に行く兵隊さんって、訓練された強い人ばかりだって、なんとなく思ってた。でも、昔の戦争の時には、そうじゃなくて、あたしと同じような普通の人も連れて行かれたんだね」

「そうね」

「ひいおじいちゃんって、全然知らない、遠い人だって思ってたけど、……もし、あたしが戦争に行かなくちゃいけなくなって、もう生きて絵を描けなくなるかもしれないって考えたら、ものすごく……怖いし、めちゃくちゃ悔しいって思う。その気持ちだけは、あたし、分かるかもしれない。だって、血が繋がってるんだもの」

亜紀は肩を震わせて、絞り出すように言葉を紡いだ。

……あら。思いのほか、素直で思いやりのある子に育っているじゃないの。

ファッション以外に、この娘に対する関心はほとんどなかったんだけど、あたし、今ちょっと見直したかもしれない。

由紀は亜紀に寄り添い、背中を優しくさすってやっていた。亜紀はしばらく、自分の顔を両手で覆って、物思いに沈んでいたけれど……しばらくして顔を上げて、もう一度、あなたの絵を見つめた。

「考えたら不思議だよね。あたしにとっては、ひいおじいちゃんだけど……亡くなったのは、お父さんよりずっと若い時だったんでしょ？」

「そうね。亡くなった人は、若いまま時が止まるのね」

「でもさ、この桜の下でひいおばあちゃんに帰って来る約束をしたって言うけど……こんな桜、本当にあるのかな？」

「さあ？　お母さんはこの場所に連れて行ってもらったことがあるけれど、本物は見えなかったから、なんとも言えないわ」

あなたの絵には——半ば透き通った、幻想的な桜が描かれている。周囲に舞っている桜の花びらも半透明。知らない人が見たら、これは実在する風景ではなくて、空想の産物だと断ずることでしょうね。

「ひいおばあちゃんは、この桜を、トキノサクラと呼んでいたけど」

……亜紀は『縁』を持っていても、まだトキノサクラの存在を知らないんだわ。いつか、教えてあげなくちゃいけないでしょうね。一度もトキノサクラの許に行かなかったら、せっかくの『縁』の相手に逢えないかもしれないこと。

それに、あなたのことも、もっと教えてあげられたらいい。あたし自身、あなたが「ひいおじいちゃん」だというイメージはどうしても持てないけど、亜紀があなたの曾孫《ひまご》であることは間違いない事実だから。

あなたが先祖代々受け継いできたお仕事のことも、あなたがどんなに豊かな才能に恵まれていて、そして、どれほど誠実な人間なのかも。マーくんは、幸さんは昇さんのことを褒めすぎだとか、昇さんは真面目そうに見えていい加減だったとか、ひどいことを言うけど……そんなことないわよね。賢いし、美丈夫だし、花も実もあるとはあなたのことよ。どんなに素敵な男性なのか、語りはじめたら一晩中かかるかもしれないわ。

うーん、でも、実際に姿を見せて正体を明かすことが、やっぱり面倒で……。

まあ、気が向いたら、話してあげましょう。

親子の会話は、絵の話題から、亜紀の今後の進学の話へと移り変わっていったので、あたしは今度こそ我が家を退出することにした。

壁をすり抜けて庭へと出たけれど、あとはちゃんと、人間らしいルートで。玄関側へ回り、門を通って歩道に出る。

遠い昔。あたしは、あたしの祖母から怪談を聞いたことがある。その時、幽霊には足がないって言われた。でも、あたし、ちゃんと自分の足で歩いているのよね。……もっとも、あたしはトキノサクラのおかげで、死んでもこの世に繋ぎ留《と》められている存在。自分が普通の幽霊と同じ状態にあるかどうかも分からない。『縁』に繋がれていない幽霊は、いまだに見たことがない。

そんなことをつらつら考えながら、歩道を進んでいたら。

「亜紀ちゃん⁉」

突然、素っ頓狂な声を上げられて、我に返った。

あたしの正面に、娘が立っている。

真ん丸く見開かれた目は、正確にあたしの視線と合っていた。

あら、嫌だ。今日は、あたしの姿が見える人と、よく出くわす日ね。

それにしても、亜紀と間違われるとは。この娘は、亜紀と知り合いなのかしら。

彼女よりも、だいぶ幼いように見える。ふわふわした髪は短くて、色素が薄くて、どことなくたんぽぽみたい。背は低く、鼻にはそばかすがある。全体の印象として、春という季節にぴったりの娘。

驚いたあまりか、今はがくがく震えているけど、顔立ちは悪くない。きっと、笑ったら可愛いでしょうね。

ただ、ブラウスにチェックのスカートを合わせた装いが、今の時代にしては野暮ったい。そのせいで子供っぽく見えるのかしら……なんて、脳内で勝手な評価を下しているあたしに、たんぽぽ頭の娘はこわごわと訊いてくる。

「亜紀ちゃん、まさか……死んじゃったの？」

……あら。この娘、あたしを死んだ人間だとちゃんと見分けてる。もしかして、本当に霊感があるの？　それで、あたしを亜紀の幽霊だと誤解してる？

そうよね。単純に、亜紀に近所で出くわしたというだけなら、こんなに衝撃を受けたりしないわよね。

「大丈夫よ。あなたがあたしと間違えてる亜紀ちゃんが、そこの家に住んでる衣笠亜紀のことだったら、まだ死んでないわ。少なくとも三分前は普通に息してたわよ」

あたしは親切に教えてあげた。娘の目がテンになる。

「まあ、あたしが目を離した後の三分以内に亜紀の身になにかあったとしたら責任は持てないけど、万が一の話をしてたら、人生なんて、もしもの連続なんだから、生きていけやしないわよね。生きていけないというか、あたしはもう死んでるけど」

……こんな益体もないことを一気にペラペラしゃべったのは、マーくん以外の人間と話したのが久しぶりだったから。意外と人恋しかったのかもしれない。

あーあ。死んでいるとは言え、孤独感もおぼえてしまう生身の心もこうして残っている以上、やっぱり……大切な人以外であっても、誰かとコミュニケーションをとる機会は必要なのかもしれないわね。再会を待たされる時間が、これほどにも長くなってしまうと。

そう考えたら。『縁』を持つ者同士なら、生者でも死者でも会話することができるトキノサクラのルールって、やっぱり必要なものなのかもしれないわ。

「それじゃあ、あなたもしっかり生きてちょうだいね。命を大切にね」

「…………はい」

なぜか困ったように答えたたんぽぽ頭の娘を残して、あたしは、もう公園に戻ることにした。

影の病、影のわずらい――あたしの祖母の怪談の中に、そんな話もあったことを思い出す。自分のたましいが抜け出して、その自分の姿を見た者は死ぬ、という古くからの言い伝え。現代風に言えば、ドッペルゲンガーのことね。若い人はどこか海外の伝説だと思ってるかもしれないけど、日本にも同じような話は伝わっているの。

これ以上町の中をウロウロしていて、また霊感持ちの人間に出くわしたら。あたし、亜紀のドッペルゲンガーに間違われるのがオチだわね。亜紀がもうすぐ死ぬんじゃないかとか、変な噂を立てられたら可哀想《かわいそう》だわ。もう、帰りましょうか。

あたし自身、自分が「ひいおばあちゃん」なんて、もう絶対認めたくないけど……

それでも、一応、曾孫ではあるわけだし。

ふたたび商店街を抜けて公園に戻ってきたものの、トキノサクラの許に戻る気にはなれなかった。

トキノサクラが姿を現す短い期間、その許には愛する人と束の間の逢瀬を楽しんでいる誰かがいる可能性が高い。下手に戻ると、お邪魔虫になってしまう場合があるから、あんまり近づきたくないの。

仕方ない、またマーくんでも捜して、暇をつぶすか。

マーくんはすぐに再発見できた。まだ桜を見回る作業を続けているんだけど、妙に足元がフラフラしている。嫌だわ、あの子も、もうそんな年かしら。このくらいの斜面を歩き回るぐらいで、疲れるなんて。

マーくんの身体は、まだ四十代ぐらいでしょう。あたしだってその頃、一日バリバリ働いていたわ。この山々をどれだけ歩き回ったか、分からないぐらいに。

でも、近づいてみて誤解に気がついた。ふらついていたのではなくて、地面に点々と野の花が咲いているのを、律儀に避けて歩いていたのね。

優しい子。その優しさを、もう少しでも、女心にも向けていてくれたら……いえ、それでも男性としての魅力は、あなたの百分の一にも敵わないけど。髪を切るのをやめてから、すっかりむさ苦しいオヤジになっちゃったし。昔は、もう少し可愛かったのに。

それでも、トキノサクラの守り人としての使命をあなたから受け継いでくれた、大切な子であることは変わりないわ。

「ただいま、誠《まこと》」

久しぶりに、下の名前をちゃんと呼んでみた。そのせいか、「わあっ！」と、さっき以上に驚くマーくん。

誠。うん、あらためて呼ぶと、なかなかいい名前よね。あたしが考えてあげた名前なんだから、これは手前味噌《てまえみそ》だけど。

「家に帰って来たわ」

「おかえり、幸さ………」

こちらを振り向いたマーくんは、そのまま絶句した。

あたしもつられて、自分の今の姿を見下ろす。

「さくらさくら」を歌っていた娘を真似た、薄桃色のひらひらしたワンピース。

ファッション雑誌の表紙のモデルが履いていた、かかとの高いミュール。メイクも参考にして、はじめてマスカラを試してみた。

ついでに、亜紀と同じく髪の色を明るくし、銀色の蝶のピアスもつけた。

……だから、亜紀の知り合いに、あたしが亜紀の幽霊なのだと間違われても無理はないのよね。あの娘、絵を描く特技はあなた譲りで、顔立ちはあたしによく似てるもの。あらすごい、ダブルで隔世遺伝じゃない。

「そんなに驚かなくても。あたし、実体がないんだから、身なりぐらいは自由に変えられるわよ。じゃないと、幽霊はみんな、ずっと死んだ時の恰好《かっこう》のままの筈だもの。実際そんなことないでしょ？」

このワンピースを着ていた娘だって、こんなにひらひらした恰好で亡くなったとは考えにくい。きっと、生前のお気に入りの服だったのね。質のいい生地を使ってる。声楽をしていたみたいだし、もしかしたら舞台衣装かも。

「それは分かってるけど、でも、あまりにも……」

「現代風に言えば、イメチェンっていうの？　あたし、ちゃんと勉強してるでしょ、若い人の言葉」

なにしろ大正生まれだし。昔の口調の名残が抜けた、とまでは断言できないけど、かなり自分を変えた筈。結構がんばったのよねー、あたし。

それでも、晩年のあたしのオバアチャンな姿も見ているマーくんは、違和感を拭えないのでしょう。「幸さんが亡くなった後、その若い姿でトキノサクラの許に現れた時もだったけど……今も相当びっくりしたよ」と、ぼやいている。ふふふ。

「若いままの姿でいられるのは、死んだ者の特権だもの。ていうか、マーくんなんか、生きてる身の上なのに若いままでいられてるじゃない。あたし、自分がオバアチャンだった時は、めちゃくちゃ羨ましかったわよ、君のこと」

「でも、俺にとっては幸せなのか、どうなのか……おかげで幸さんにも、もう七十年以上、ずっと振り回されてるよ」

マーくんは頭を掻いて、苦笑した。

……昇さん。

あなたの生まれた琴平《ことひら》家は、かつて、代々トキノサクラの守り人として、あの不思議な半透明の桜を守ってきたという。

でも、戦後にはもう、守り人を継げる人間が残っていなかった。あなたもいなくなってしまったし。生き延びた人たちも、大きく時代が変わっていく中、生活だけで精一杯だったし。

琴平家に嫁いだあたし自身、守り人にはなれなかった。

あなたが戦争に行ってしまった時、お腹《なか》の中にはあなたの娘、蕗《ふき》がいた。女手一つで、彼女を育てるだけでも忙しかったから……なんて、本当は言い訳。器の小ささを露呈するようだけど、本当は、あたし自身があなたに逢えないのに、ほかの死者や生者の絆を結ぶ仕事をすることが、つらくて耐えられなかったの。

それでも、桜の植樹活動だけは、のちに再開することになった。

戦争中、あなたや、あなたのご先祖様が千里の山に植えた桜の多くを、薪炭用に伐採せざるを得なかった。あの時には、燃料にできるものが本当になくて……。

でも、いつか千里の山々に桜をよみがえらせたいという人々の願いは強かった。桜を植えるのに協力したいと言う若者たちが集まったことが、植樹活動をやり直すきっかけになった。

ただ、トキノサクラのことも、ずっと放っておくわけには行かなかった。戦死した人や、空襲で亡くなった人と『縁』で結ばれて、千里の山々をさまよう人たちが激増した時期もある。あたしの代わりに、ほかの誰かに守り人を受け継いでもらう必要があった。

でも、誰にでも果たせる役割ではないわ。守り人は、自分自身が『縁』を持っていなければ仕事にならないの。トキノサクラの許に現れる死者と対話することができずに、大切な相手と巡り合わせてあげることはできないでしょう？

植樹活動を支えてくれた若者たちの中で、『縁』を持っていたのは、戦時中によその町から流れて来たマーくんただ一人だったの。

明らかにトキノサクラの影響と思われるけれど、彼の年齢の重ね方が異常に遅いことも、守り人を任せる上では好都合だった。

マーくんは長く、長く生きてくれる。肉体的には、まだまだ働き盛り。つけ加えれば、おつむの中身……もとい、精神年齢は、外見のさらに半分ぐらいじゃないかしら。

まあ、本当に若かった時と比べたら、だいぶ角が取れたけど。

マーくんと同じように、『縁』を持っていたおかげで年をとらなくなった生者が、過去にも存在したのか……もっと、いろいろな事例をあなたに訊いておけたらよかった。あなたと一緒に過ごしたのは激動の時代で、余裕がなくて……あたしは結局、琴平家に伝わっていた筈のトキノサクラに関する知識を、あまり教えてもらうことができていなかったのよね。

でも、トキノサクラが起こす現象である以上、理由は想像できる。

マーくんは、あれから七十年以上が過ぎた今でも、自分の『縁』の相手を知らない。

もしかしたら、その相手が現れるまで、いつまでも、トキノサクラに長く、長く生かされてしまうのかもしれない。

だから、ずっとひとりぽっち。

自分が待つべき大切な人のことを、こんなに長いあいだ、なにも知らないなんて。

可哀想ね。


「そういえば、亜紀ちゃんは元気だったかい？」

当のマーくんに質問され、あたしは率直に答えた。「生きてたわ」

「…………。あのね、幸さん。血が繋がってるんだろう、さすがに冷たすぎないか」

「だって亜紀は、今のあたしから見たら同世代だし。曾孫とか絶対思えないわよ。由紀なんか、あたしの孫なのに、自分の母親みたいな年齢になってるわけでしょう？

もうあの子たちに対して、家族らしい情とか、これっぽっちも湧いてこないわ」

ただ、生きていてほしいとは願ってる。

この世界で、あなたの遺伝子を引き継いでくれていたらいい。元気でいなくても、ただ、息をしてくれていたらいい。あたしは、亜紀や由紀に、それ以上のことは望んでいない。

「生きてたわ」って答えても、生きてる人間には「なにを当たり前のことを言ってるんだ」と呆《あき》れられるかもしれないけど、それは決して当たり前じゃないの。こうして死んでみてから、あらためて響くようになった言葉もいっぱいあるのよ。

生きているということは、たとえその時は人生の準備中のつもりでも、本当はずっと本番中のステージに立っているのと同じようなものだったのだわ。あなたに逢えない年月を嘆いてばかりいたけど、もっと、それ以外の生きている醍醐味《だいごみ》も味わえていたらよかった。四季が巡っていくことも。多くの人に出会うということも。……当たり前のことなんて、本当はなにもなかったのよ。

「まあ、俺はまだ死んだことはないから、幸さんの気持ちはよく分からないよ」

まるであたしの考えを読んだかのように、マーくんはつぶやいた。そして、「亜紀ちゃんは、小学生の頃まではよくここに遊びに来てたんだ。はじめは幸さんの曾孫さんだとは知らなかったけど、成長してきてから、面立ちがよく似てるのに気づいたよ。……けど、今は幸さんと昇さんのお墓参りの時しか、姿を見ないんだ」と、少し意味ありげに教えてくれた。

「確かに、あたしの知る限り、あの親子はここにお花見に来ることってないわよね。ほとんど、あたしの植えた桜なのに」

「ほとんどは、ちょっと言いすぎだろう。俺たちも結構、頑張ったんだけど」とマーくんが文句を言うけど、ここは華麗にスルーして。

「亜紀、なにかあったの？　……あの子にもトキノサクラの『縁』が繋がれてたみたいだけど」

「ああ、やっぱり、そうなのか」

マーくんは頷く。亜紀の事情をなにか知っているみたい。でも、さっきの会話の後で、やっぱり曾孫を心配しているとか思われるのも癪《しゃく》だから。これ以上、触れずにおきましょうか。

……それよりも。

「トキノサクラといえば」また忘れていたけど、大事なことを思い出したわ。「ずっと前、トキノサクラの許にいた坊やに、千里自然公園の由来を話したのは、マーくんよね。あたしが桜を植え続けたことを、美談みたいに語るの、いい加減にやめてもらえないかしら？　そんなに立派な理由で続けたわけじゃないんだけど」

トキノサクラの周囲の山々に、桜の樹をどんどん増やすことは、確かにあなたが望んでいたことだった。でも、あたしはその理由さえも教えてもらっていなかったの。

それでも植樹活動を続けたのは、結局、あなたのいない年月を、忙しくしてやり過ごすためだった。あなたの遺志を受け継いだからとか、町の人たちの望みのためとか、そうした立派な理由だったとは言い難い。ましてや、ここを千里の観光名所にしようなんて愛郷心は毛頭なかった。それを美談として後世に残されるのも、きまりが悪いのよ。

「いや、俺はやめないよ」マーくんは首を縦には振らなかった。「幸さんがどう思おうが、それはあなたが生きた証で、千里のみんなにとって大きな意味がある仕事だった。その重みは、幸さん自身にも分からないことだよ」

「そ～お？」あたしが渋い顔をしても、柳に風と受け流される。

不服だけど、この子の信念は変えられなさそう。こういう時、死人に口なしっていう、やるせないことわざが浮かんでくるわね……。

これ以上話しても不毛なので、あたしはマーくんに背中を向けた。

「トキノサクラに戻るのかい？」

「ううん、戻らない。……それより、縁桜のお墓参りにでも行くわ」

「は？　自分の墓に参るのか？」ぽかんとして、訊き返したマーくん。たまに、すっとぼけたこと言うのよね、この子。

「自分で自分のお墓参りなんかしないわよっ。昇さんのお墓に参るの！」

……まあ、あたしのお墓も、あなたのお墓も同じなんだけどね。

遠く日本海を望める縁桜の許まで、あたしは山の傾斜を登って行く。墓地からの眺めのよさは認めるけど、お墓参りに来る遺族には、ここ、登るのが大変なのよね。車道も途中までだし。あたしは死んでるから、もう足が疲れることもないけど、生きてる人はそうも行かないでしょう？

樹木葬の墓地がまだ企画段階だった頃に、マーくんにそれを指摘したら、足の悪い人やお年寄りは俺が背負うから大丈夫、とか意気込んでいた。一度決めたことは、どんなことがあっても絶対に曲げないのよね、あの子。

あなたのお墓、普通の寺院の墓地に建てていたのだけど。マーくんがここに樹木葬の墓地をつくってくれてから、あなたのお墓にも、お引っ越しをしてもらった。今は、あたしの遺骨と一緒に縁桜の許に埋葬されている。そして、この地で、ともに土へと還っていくことができる。

……分かってるわ。マーくんは、あたしに、水平線と桜が一番きれいに望める場所で眠ってほしくて、ここに縁桜の墓地をつくってくれたのね。

西行《さいぎょう》法師の有名な和歌みたいに、あたしも桜の許で眠れたらいいのに、とただ一度だけ口にした願いをずっと覚えていて、長い時間をかけて実現してくれた。

本当に、優しい子。

ありがとうって、まだ、ちゃんと言えてないけど……必ず、最後はそう伝えるわ。

あなたがあたしに逢いに来てくれて、いつか、あたしが、この山々を離れる日が来たら。


……あたしは、本来、過去を振り返るのは嫌いな性質《たち》なのよ。わざわざ、終わったことで何度も苦しむ意味なんてないじゃない。そうしたところで、たいして気持ちの整理なんてできないし。

だけど、昇さん。あなたは、遠い記憶の中にしかいないから。

あたしも時々は、過去へと心の翼を広げて……想いを馳《は》せるわ。

戦時中。ほかの花を植えることは、許されない時代だった。金盞花《きんせんか》とか水仙とか食べられないものを植える人間は、それだけで非国民だ、国賊だと責められ、罵られ、ついには禁止令が出されたって聞いてる。

でも、桜という花は、そうした時代にも、この国では特別に扱われていた。

例を挙げると……あたしが尋常小学校の一年生だった時、国語の教科書は「ハナ　ハト」からはじまっていた。けど、もう少し後には、それが「サイタ　サイタ　サクラガ　サイタ。ススメ　ススメ　ヘイタイ　ススメ。」に変わっていたんだって。マーくん自身は覚えていないけど、彼の世代はそうだった筈。

桜の潔く散る姿が、若くして死ぬ兵隊たちに重ね合わせられ、尊ばれていた。

あたしの、あなたも。

遠い異国の海で、そうやって命を散らした。


「必ず帰って来る」

農業や漁業の担い手だった男たちが、次々に千里から姿を消していく中……ついに、赤紙を受け取ったあなたが、手の届かない遠くに行ってしまう前に。

吹雪のようにトキノサクラの花びらが降りしきる中、約束してくれた。

あたしに、桜色の絵の具を手渡して。

「たとえ命を落としても、どんな姿になっても、必ずまた、このトキノサクラの許に、私は帰って来る。だから、あなたもここで待っていてほしい。どんなことが起こっても、どんなに時間がかかったとしても」

だから……あなたとまた出逢えることを、決して疑ってはいない。トキノサクラの絆を結ぶ力は、時を超える。どんな形でかは分からないけど、あなたが交わしてくれた約束は必ず果たされるでしょうね。

だけど、それが、呪いのように思われたこともある。

正直に言うと、あなたとの約束を恨んだ時期もあったの。

心底あたしを愛してくれていたからこそ、再会を誓ってくれたことは分かっている。でも、こんなに長い時間待つことになるとは思わなかったから。

本来、過去を振り返るのを嫌うあたしが、生涯ずっと、過去に縛られなくてはならなかった。あなたとの約束を胸に秘めたまま、あなたを忘れて、あたらしい人生に踏み出すなんて……それほど器用な真似は、あたしにはできなかった。

ほかに生きる目的を見出《みいだ》せず、ひたすら植え続けた、山々の桜。

いくら、マーくんが功績として讃《たた》えてくれたとしても。千里の人たちが、春の訪れの証として、花々を愛《め》で、酔いしれてくれたとしても。

生きていた頃。あたし自身には、この光景は生き甲斐《いがい》とか慈善とかいうより、狂気の産物のように見えていた。そして、愛というよりも憎しみに近かったかもしれない。いつまで経っても、あなたは来ないのに。次々とトキノサクラの許で巡り合ってい く、ほかの恋人や夫婦。あるいは家族だったり、親友同士だったり……そんな人たちまでも、心の奥では妬み続けていたあたしなんかが、美談として後世の千里に語り継がれていくなんて、滑稽だわ。

だけど。それでも、不思議と。

やっぱり、あたしは桜を嫌いにはなれなかった。

桜という花は、狂気や憎しみを内包しても、なぜか——なお、うつくしいのよね。

「いなくなったのが昇さんじゃなくて、俺だったら、よかったのにな」

マーくんが、ぽつんとそう言ってくれたことがある。なによ、昇さんがいなくなった頃には、まだ子供で、入営もしていなかったくせに。おかげで彼は、戦場に連れて行かれずにはすんだんだけど。

一緒に桜を植えてきた仲間たちの中で、亡くなっていないのは、もうマーくんだけになってしまった。

待つことに苦しみ続けたあたしと、自分が待つ相手のことをずっと知らないマーくん。果たして、どちらの人生がまだ幸せだと言えるのかしら……。

ねえ。昇さん。

どこで、どうやってかは分からないけど。あなたもきっと、またあたしの許に帰って来るための試練を、今も乗り越えようとしているのでしょうね。

月に叢雲花に風――ほとんどの人は、人生をどう生きたとしても、自分の思い通りになんかできないもの。

あたしは……もう大丈夫よ。昔よりは素直に、桜を仰ぐことができる。あなたが逢いに来てくれて、あたしがここからいなくなった後も、桜たちは毎年変わらず、千里の春を彩りつづけてくれるのね。自分の功績として、それを誇る気持ちは微塵もないけれど……それでも、ほんのりとは嬉しく思えるようになれた。

昇さん。ここまで来たら。あたしも必ず、あなたとの約束を果たすわ。

いつまでもあなたを待っている。もう七十年も待ったんだもの、憎むほどに愛し続けてきたのだもの。過ぎ去った苦しみは、あたしも桜吹雪のように潔く散らして、なにもなかったかのように、あなたをにっこりと迎えてあげましょう。

お墓参りを終えたあたしは、縁桜の許から、色づきはじめた周囲の山々を見渡す。それぞれの枝で、固いつぼみをほころばせる花々は、全力を挙げて春を準備しようとしているみたい。まるで、あなたを待つあたしの心、そのものね。

あなたは、どんな姿でここを訪れるのでしょう。生きているのか、亡くなっているのか、男性のままなのか、そもそも、人間の姿なのか。なにも分からない。

それでもいい。あなたは、どんな姿になっていてもいい。きっと、あたしにはあなたの姿が見分けられるわ。

……でもね、あたしは、あなたの妻なのよ。どんな姿でもいいなんて、あたし自身に対しては思えっこない。

オバアチャンの姿じゃなくて、こうして、あなたと一緒に生きていた頃の若い娘の姿、一番幸せだった頃のあたしでいられることは、トキノサクラからのなによりの贈り物だって信じているの。

約束を交わした、あの日のように——

また花は咲き乱れ、山肌と人々の心をおぼろな桜色で染め上げるでしょう。誰しもその光景には心が騒ぎ、浮足立たずにはいられないのでしょう。

でも、あたしの植えた桜たちが咲く理由はただ一つ、あなたのためだけよ。

昔と変わらないこの場所へ、あなたを導くため。

ここで、あたしは……叶う限り、とびっきりきれいで可愛いあたしとして、あなたを迎えたいわ。

それが、あなたを愛する妻として、当然の心がけでしょ。

……ね？

第三話　亜紀ちゃんのスケッチ

いっぱいに春の陽ざしが降ってくる中、夢のように半透明の花びらが舞う、トキノサクラの下で。

「亜紀ちゃん」

わたしは、ありったけの勇気を出して、大切なお友だちと目を合わせる。

どうしても言えなかったけど、今こそ伝えなければならない。

あなたが死んでしまうかもしれないこと。

「わたしね、亜紀ちゃんのドッペルゲンガーを見たんだよ！」

ことの起こりは、ほんの数日前のことだった――

大変だ、大変だ。

春の陽ざしの下、小走りしながら、わたしはそんな言葉を何度も心の中で繰り返してた。

幽霊さんに言われた通り、亜紀ちゃんのおうちに行ってみたら……本物の亜紀ちゃんは、死んでなんかいなかった。その姿を見て、いったんホッとしたよ。

確かに、よく思い出したら、あの幽霊さんは亜紀ちゃんじゃなかった気がする。ばっちりお化粧してたし。それに、なんだか変なことを言われたような……あまりにびっくりしたから、よく覚えていないんだけど。

でも、わたし知ってる。昔、怖い小説で読んだんだ。ドッペルゲンガーのこと。もう一人の自分を見るのは「死の前兆」。つまり、その人は近いうちに死んじゃうんだって。どこか外国に、そんな言い伝えがあるらしいよ。

……ねえ、亜紀ちゃん。

わたしにとって、あなたが、どんなに大切なお友だちなのか。どんなに、あなたに出会えたことを、うれしいと思っているか。

不器用なわたしには、とても言葉で言いあらわすことなんか、できない。

それなのに、それなのに。どうしよう。あの幽霊さんが、本当に亜紀ちゃんのドッペルゲンガーだったら。

亜紀ちゃんには、わたしにはできないことが、いろいろとできる。お友だちもいっぱいいるし、おしゃれだって上手だし。高校に入ってから、前よりもずっと可愛くなって、わたしにはまぶしく見える。

その中でも一番うらやましいのは、絵がとても得意なこと。

紙と鉛筆さえあれば、サラサラとかたちを描き、やわらかく影をつけて。まるで魔法みたい。動物も植物も、亜紀ちゃんの手にかかれば見る見るうちに、画用紙の上に、いのちを吹きこまれていく。

「あたしが絵を描くのが好きなのは、ひいおじいちゃんに似たからなんだって」……と、亜紀ちゃんは教えてくれた。確かに、亜紀ちゃんのおうちには、ひいおじいさんが描いたっていう、すてきな絵が飾ってある。わたしも、遊びに行くたびに、その絵に見とれてしまうんだ。……半分透明なのに、まるで現実のものみたいに見える、不思議な桜の絵。

そのひいおじいさんの才能を受けついだんだろうな。亜紀ちゃん自身、将来は絶対絵描きさんになるって決めているみたい。

だから。絶対に亜紀ちゃんは死んじゃったら駄目だよ。大事な夢を叶えるためにも。

そんなの、想像するだけで怖くてたまらないのに。

わたしは亜紀ちゃんに、それを伝えることができない。

そして、今日のこと。

亜紀ちゃんは、スケッチのため、朝から外出することにした。

右手でスケッチブックを抱えて、左手に絵の具や筆が入ったケースをさげて。なにか危ないことが起こるかもしれないから、わたしは、本当は家にいてほしいけどね。

せめて、一緒についていこうと思った。亜紀ちゃんが絵を描く様子をとなりで見ているだけで、楽しいし。……どれだけ見ても、ぜんぜん真似できないのが残念だけど。

「ねぇ、凜久《りく》」亜紀ちゃんが、わたしの名前を呼んだ。「あたし、今日は桜を描きたいんだ」

思わず、ドキッとする。

この町で、桜の名所といえば、もちろん千里自然公園だよね。でも、亜紀ちゃんは普段——ひいおじいさんと、ひいおばあさんのお墓参りの時以外、絶対そこに近づかない。

それは、わたしのせいなんだ。

「……亜紀ちゃん、もう気にしなくていいよ」

思わず、つぶやいてしまう。でも、亜紀ちゃんは夢中で話しはじめた。

「この前、お母さんと、ひいおじいちゃんの絵のことで話してさ。そしたら、急に桜を描きたいって想いをひしひしと感じちゃって。戦争で死んじゃったひいおじいちゃんの分まで、あたしが描かなくて誰が描くんだ、みたいな。

でもね、やっぱり千里自然公園には行きづらいから、今まで桜をスケッチしたことなかったんだし……だから今日は、電車でよその町まで行こうって思う。ちょっと遠くて悪いけど、つき合ってね」

桜色をした千里の山の風景はここからも見えるけど、亜紀ちゃんは目をそらすように、うつむく。わたしに悪いなんて、思うことないのに。

……本当に、こんなに優しいお友だちがいて、よかった。

わたしには、そんな力はないけれど、なにかあったら絶対に亜紀ちゃんを守りたいって、あらためて願った。

できることなら、わたしのいのちに代えてでも。

うん、本当にそうできたら、いいのに……。

近くの商店街には、有明堂っていう小さな本屋さんがある。小学生の時、わたしはたくさんの小説や童話を読んでいたんだけど、有明堂には置いてある本が少なくて、行ってもつまらなかったことを覚えてる。町立図書館の方にばかり行ってたな。

亜紀ちゃんは、まず、その有明堂に寄って、県内の桜の名所についてのガイドブックを選んだ。そしてレジで、人のよさそうな店員のおばさんに、本を差し出しながら、元気よくごあいさつ。

「おばちゃん、久しぶりっ」

人見知りのわたしは、亜紀ちゃんにはついて行かず、つい、本棚の後ろにかくれてしまう。こんなことしなくてもいいのに、いつまでたっても直らないくせなんだ。

わたしとは正反対に、誰とでも仲よくなれる亜紀ちゃんは、商店街のあちこちのお店の人とも顔なじみで、なにかあると顔を出しているみたい。……わざわざ本を買わなくても、桜の名所なら、スマホで調べられるだろうにね。

「あらー、どっかお花見行くの？　琴平幸さんのお孫さんなのに、そこの桜じゃ駄目なの〜？」

店員のおばさんが、レジを打ちながら、冗談っぽくたずねる。亜紀ちゃんのひいおばあさんは町の有名人だし、この商店街は、千里自然公園のすぐ目の前にあるもんね。

「孫じゃないよ、曾孫だよ」

亜紀ちゃんは笑いながら言い直して、おばさんの質問には答えなかった。わたしは、なんだか居心地が悪くなる。

「でもさ、久しぶりって言うけど、こないだ亜紀ちゃん、うちに来なかった？」

「えっ、そんなことないよ。……あ、別に、紙袋になんか入れなくていいのに。すぐに読むから、このままで大丈夫」

「ありがと。……この前、あっちの雑誌コーナーに、ちらっと亜紀ちゃんみたいな人影が見えた気がしたんだけど。私、幽霊でも見たのかしらね」

「そういえば、おばちゃんって霊感あるんだっけ？　うーん、羨ましいなぁ」

「やーね、別に羨むようなことじゃないわよ。こっちだって、見たくて見てるわけじゃないんだから。

でも、こんな話、真面目に聞いてくれるのは亜紀ちゃんだけよ。この界隈《かいわい》は昔から幽霊が多いんだけど、あんまり信じてくれる人がいないの」

「おばちゃん、そんな嘘ついたりしないのにね。でも、その幽霊に関しては、絶対に見間違いだよ。だって、あたし、まだ死んでないもん」

亜紀ちゃんはお財布から小銭を出しながら、大笑いしている。

わたしは、笑えなかった。……亜紀ちゃんのドッペルゲンガーを見たの、わたしだけじゃなかったんだ。


それから駅に向かい、亜紀ちゃんは、切符を買って電車に乗った。わたしも、後からいそいそとついていく。千里自然公園へお花見に来たお客さんもいるのかな、乗る人よりも降りて来る人の方が多かった。

千里町から外に出るの、久しぶり。流れ出す窓の景色を見ながら、ちょっぴり胸がワクワクしてきた。……こんな風に、楽しいお出かけができるのも、亜紀ちゃんのおかげだよ。

春休みのせいか、電車は家族連れとか、キャリーバッグを引いた人とかで、けっこう混んでいる。亜紀ちゃんは遠慮するように車両内の隅っこに立ち、荷物を足元に置いて、ガイドブックを取り出した。真新しい紙のにおいがする。

行き先を決められないみたいで、亜紀ちゃんはページをめくりながら、しきりに首をひねる。

「うーん、やっぱし、県内で一番桜が多いのは千里自然公園かぁ。ひいおばあちゃんってば頑張りすぎだよね。あんまり山奥の村とか行くのも厳しいし……あとは、隣町の青葉公園っていうところか……ほかには高砂《たかさご》ダム湖畔とか、一葉《いちよう》神社とか……。凜久～、どこにしようか？」

「どこでもいいよ。亜紀ちゃんの行きたいところに行こう」

わたしが答えた次の瞬間に、ガイドブックに目を落としたままの亜紀ちゃん、うんとうなずく。

「……まあ、凜久に聞いたって、どこでもいいって答えるに決まってるな。昔っから、いつもそうだったもの」

あはは。亜紀ちゃんは、わたしのこと、お見通しだ。

はじめて一緒に遊びに行こうって誘ってもらった時から、わたしは、いつもこう言っていた。

「どこでもいいよ」「亜紀ちゃんの行きたいところでいいよ」

亜紀ちゃんは、よく「たまには凜久の行きたいところにしようよ」って親切に言ってくれていたけど、わたしの返事は、それ以外にはなかった。

学校の昼休みには教室で、家に帰れば自分の部屋で、いつも本を読んでばかりだったわたしは、いざ外に遊びに行くとなると、どこに行きたいって言えばいいのか、ぜんぜん思いつかなかったんだ。

「いつも、あたしにつき合ってもらってばかりで、悪いなぁ」と亜紀ちゃんは時々困ったように言っていたけど、そんな風に思うこと、なかったんだよ。

わたしは、亜紀ちゃんが連れて行ってくれるところに、一緒に行くのが好きなんだから。……今でも。

しばらくガイドブックを読みふけっていた亜紀ちゃんは、「よし、決めた。一番近いし、青葉公園ってところに行こう」と宣言した。つい、声が大きくなってしまったみたいで、周りに立っていた人たちがみんなこっちを振り向いた。「ごめんなさい、独り言です」亜紀ちゃんは真っ赤になって、本で顔をかくした。

青葉公園に行くための駅はすぐ次だったので、電車がプラットフォームに着いたたん、亜紀ちゃんは逃げるように降りた。わたしもあわてて追いかける。

「あ～、もう恥ずかしいったら。まあ、いっか。旅の恥は掻き捨てだよね」

……こういう時の亜紀ちゃんの立ち直りの早さも、わたしには、とても真似ができない。

歩いて行くには遠い場所みたいで、亜紀ちゃんは、駅員さんにバス停の場所を聞いた。バスに乗ると、わたしも、亜紀ちゃんの横の座席に座る。亜紀ちゃんは荷物が多いから、座れる場所はせまいけど、わたしなら平気だよ。

やがて、わたしたちを運んだバスは、隣町の桜の名所へと到着した。「凜久、降りよう」って、さっきの反省のためか、亜紀ちゃんは小声でうながしてくれる。

青葉公園は、千里自然公園と比べたら、確かに桜の本数ではずっと負けてる。お客さんも少ないんじゃないのかな。

でも、わたしたちは、桜を見上げて、そのまま立ちつくしてしまった。

久しぶりだものね。あの日から、千里の山を避けてきたわたしたちが、絵でもテレビ画面でもない、本物の桜の花を見上げるなんて。

まるで、そこだけ現実ではない、夢の世界であるように、桜はただただ咲いている。もし、天国にも雲があるなら、きっとこんな色をしているだろう。わたしたちの心は、桜色の中へと、深く吸いこまれてしまう。

はじめて見上げた桜なのに、やっとここに戻ってきたような懐かしい気持ち。とても限られた瞬間に今いるんだという、過ぎる時間を惜しむ気持ち。かけがえがないのに、なぜか、少しだけ怖い。

これが、桜なんだ。

あなたもしっかり生きてちょうだいね、という、あの幽霊さんの言葉が、ふと耳によみがえっていた。

「……さて、とにかく来たんだし、描かなくっちゃ」

亜紀ちゃんがつぶやいた。そうだよね、ここには、お花見のためじゃなくて、亜紀ちゃんのスケッチのために来たんだった。

だけど、来られてよかったね。また一緒に桜を見られるなんて、思わなかったよ。

亜紀ちゃんはスケッチする桜を選ぶために、あたりをぐるぐる歩き回った。どこの町にもありそうな公園だ。花壇には色とりどりのお花が咲いていて、木でできたアスレチックでは小さな子どもたちが遊んでる。

千里自然公園となにより違うのは、ところどころにお祭りみたいな屋台が出ていることかな。おいしそうなにおいが流れている。亜紀ちゃんはお腹が空いたのか、たこ焼きを買ってベンチで食べた。いつの間にか、もうお昼を過ぎてるし。

「んー、どうしようか凜久。やっぱり、向こうのエドヒガンにしようかなぁ。背景に山の稜線《りようせん》が入るのもイイ感じだし。もっと入り口の方にあった枝垂桜も捨てがたいけど、あそこは座る場所なかったもんね」

一人でぶつぶつ言いながら、亜紀ちゃんは、たこ焼きのパックをゴミ箱に捨てる。また声が大きくなってるけど、もう、周りのことは意識に入ってない。スケッチのことで頭がいっぱいになってる。……それにしても枝垂桜はともかく、わたしにはソメイヨシノ以外の桜の種類なんて分からない……。

花壇を囲っているレンガに腰をおろして、亜紀ちゃんはいよいよスケッチブックを広げた。パレットとか筆洗いバケツとか、てきぱきと道具も並べて。イメージは、すっかり頭の中でできているみたい。いくつか種類がある鉛筆から一本を選び、下絵を描きはじめた。

通りかかる小さな子どもたちが、不思議そうに、道ばたで絵を描いている亜紀ちゃんの姿を見つめる。いや、子どもだけじゃない。絵に興味があるのか、遠くから視線を送って来る男の人もいた。……だけど亜紀ちゃん、気づいていない。

周りのことが意識に入らなくなっても仕方ないと思う。わたしは、ずっと隣で見てきてるから、知ってるよ。

亜紀ちゃんは今、透明水彩絵の具を使ってる。小学校では誰でも使う絵の具だけど、いい作品を仕上げようと思えば集中力がいる。まだ絵の具が乾いていない部分に、うっかり別の色を重ねると、ムラになって汚くなるし。一滴水をこぼしたばかりに、作品全部が台無しになってしまうこともある。絵の具が透明な分、失敗してしまうと、ほとんどやり直しがきかないみたい。

ゆっくり色を塗り重ねていける分、油絵の方が楽じゃないかなーと、亜紀ちゃんは時々、文句を言ってる。まだ、油絵を描くための道具はそろえられてないみたいだけど。

それにしても、ちょっと怖いな。亜紀ちゃんを見ている男の人。

最初は遠くからだったけど、だんだんこっちに近づいて来た。片手に持っているのは、写真家さんが持っていそうな、本格的なカメラ。

服装は、水色のストライプのシャツに、色あせたジーパン。ちょっと頭がぼさぼさだけど、怪しい人には見えない。背は高いけどやせっぽちで、強そうじゃないし。

それでも、あまりに近寄ってきたせいで、変な人だったらどうしよう、と不安になってくる。

……あ、やっぱり大丈夫かな。

男の人の視線は、あくまで亜紀ちゃんが描く桜の絵に注がれていて。その瞳の奥は、透きとおった川の底のように、静かに光ってた。

やがて亜紀ちゃんは、触れたら花びらがこぼれそうな桜の樹と、どこかに帰りたくなるような優しい青空と、その空色へとじんわり溶けて行く青緑の山々を、画用紙の上に完成させた。

あらためて絵の全体を見直して、「うーん、どうかなー」と首をひねってる。くちびるをとがらせているから、満足していないみたい。わたしから見て、どんなにすてきな絵でも、亜紀ちゃんはたいてい気に入らないんだよね。きっと、亜紀ちゃんの頭の中に浮かんでいるイメージは、こんな程度のものではないんだと思う。

ぱち、ぱちと拍手の音がして、亜紀ちゃんはぎょっとしたように顔を上げた。もちろん、さっきから亜紀ちゃんのそばにいた男の人が手を叩いたの。

「いやー、ありがとう。いいもの見せてもらっちゃったよ」

「え、あ、あの、一体いつから、そこにいたんですか？」

「うーん、君が空の色を塗り終わったぐらいから？」亜紀ちゃんはびっくりして目を白黒させているのに、男の人は、平気な顔でニコニコ笑っている。ものすごくマイペースな人だ……。

「やだー。そんなに前から、こっそり見てたなんて、恥ずかしいじゃないですか〜」

「ごめんごめん、つい見とれちゃって。僕も昔、絵を描いてた時期があったからさ」

「えっ、そうなんですか？」

仲間を見つけたと思ったのか、亜紀ちゃんはころっと態度を変えた。スケッチブックをわきに置いて立ち上がり、二人は握手する。

亜紀ちゃんは普段から人懐っこい子だけど、いつも以上だ。この男の人とは、まるではじめて出会った同士ではないみたい。すぐに仲のよさそうな雰囲気になり、わたしは、胸の奥がチクリとした。

「……でも、絵を描いてた時期があった、ってことは、今では描いてないんですよね。あ、カメラ持ってるから、今は写真撮ってるんですか？」

「んー、まあね。でも、写真は僕の専門じゃない。趣味で桜を撮ってるだけだし」

「じゃあ、今日は撮影に来てたんですね」

「それもある。でも、桜を撮るのは、花に勢いがある午前中の方が向いてるから、今日の撮影はもうおしまい。大体ソメイヨシノはさ、満開になっちゃうと写真としては面白くなくなるね。開花した時はもっとピンクなのに、こうなると白っぽくなって」

公園内の桜を見回して、男の人は軽く顔をしかめた。

「……まぁ、別にソメイヨシノは撮れなくてもいいんだ。所詮、すべてが同じ遺伝子を持つクローンザクラなんだから、日本中のどこで撮ったって一緒だよ。一本一本個性のある山桜の方が、趣があって僕は好きだな」

「いろんな桜を撮影してるんですか？」

「あ、見る？　僕が撮ったやつ。実は毎年、全国の名所を巡ってるんだ」

「わー、ぜひぜひ」

男の人は、手に提げていたぼろぼろの茶色いカバンから、写真の束を取り出した。

枚数はたくさんあるのに、ちっとも整理できていないみたい。なのに亜紀ちゃんは、

「これ、山高神代桜《やまたかじんだいざくら》じゃないですか？　確か、日本三大桜のひとつですよね」とか、

「あ、枝垂桜がいっぱいあるけど、もしかして角館《かくのだて》？」とかつぶやきながら、写真を

めくりはじめたので。

　素人ではないと、男の人も気づいたみたい。

「桜のこと、ずいぶん詳しいんだね」

「曾祖母が、桜の植樹活動で、地元で有名な人だったんです。あたし、千里町ってところに住んでるんですけど」

「あぁ、千里自然公園があるところだね。いつか行こうと思いながら、まだ行ったことがない場所のひとつだよ」

「詳しくは知らないんですが、ずっと昔、ご先祖様が代々桜を守るお仕事をしていたらしくて……。今では、そのお仕事は伝わっていないんですけどね。でも、そのせいか、家には桜についての資料が山ほど残ってるんです。それをきっかけに、いろいろ覚えちゃったみたいで」

「へぇ。実に興味深い話だね」

　それまでのんきに話していた男の人の声に、はじめて力がこもった。

「……さっき、写真は僕の専門じゃないって言ったよね。僕自身の専門は、日本史だ。特に、全国の桜にまつわる歴史を研究してる。

　たとえば、樹齢数百年の桜ともなると、さまざまな伝説が残ってるんだ。さっき君が言った山高神代桜は、日本武尊《やまとたけるのみこと》が東征の帰途に手植えしたと言われてる。ほかにも上杉謙信《うえすぎけんしん》や伊達政宗《だてまさむね》、弘法大師《こうぼうだいし》に西行法師など、歴史上の有名人が桜に残したエピソードも数多い。日本人と桜の関わりは古事記からも読みとれるからさ、やっぱり我々とは切っても切れない間柄なんだよね、この花って」

男の人は、もう一度カバンを開けて、長々としゃべりながら中身をかき回して、やっと名刺を取り出した。わたしも横からのぞきこむ。どこかの大学名と、水上蓮《みなかみれん》という名前が書いてあるのが見えた。

「えー、お兄さんって大学院生なんですか。頭いいんですね」

男の人……水上さんの口調が急に熱っぽくなったせいか、名刺を受け取った亜紀ちゃん、話を合わせようとしながらも、ちょっと戸惑ってる。

「別に頭はよくないよ。昔、たまたま読んだ古い文献で、とある不思議な桜のことを知ってから、夢中になっちゃって。気がついたら、すっかり研究に没頭してたのさ。

……なぜ、その桜にこんなにも惹かれてしまうのか、自分でも分からない。でも、まるで熱烈な片想《かたおも》いでもしているみたいに諦めきれないんだ。だから、全国の桜の名所を巡って、何年も手がかりを探してる。

その桜の伝承は日本の各地に残ってるから、もしかしたら、伝承の元になった桜は、昔は全国に分布していたのかもしれない。……でも、具体的に何の品種だったのか、どこにあった桜なのかが、まだ見当もつかないんだよ。

訊いてもいいかい。君の家系が、古くから桜を守る一族だっていうなら、桜についての資料だけじゃなくて、昔のご先祖様による記録も残されていないかな？」

「さあ、全部の本を見たわけじゃないし……。それに、曾祖母はあたしが小さい頃に亡くなったから、昔の話は分からないです。でも、不思議な桜……ですか」

水上さんの話を聞いて、わたしは、亜紀ちゃんのひいおじいさんが描いた桜の絵を思い出していた。亜紀ちゃんも同じだったみたい。

「まさか、それって、半透明な桜……ではないですよね」

「え？ 半透明って、桜が透き通ってるってこと？ ……いや、文献には、そんな記述はなかったけど」

「そうですか……」ほんの十分前に知り合ったばかりの、この男の人の力になりたいという気持ちがあったのか、亜紀ちゃんは肩を落とした。「曾祖父が、そういう絵を遺《のこ》してるんです。半透明な桜の絵。幹も枝も、散っている花びらもうっすら向こうが見えていて、幻想的なのに、なぜか、まるで本当の風景画みたいで」

「君のひいおじいさんの絵なら、さぞかし素晴らしい作品なんだろうね。ぜひ拝見してみたいよ」さきほど亜紀ちゃんが仕上げた桜のスケッチにもう一度目を向けて、水上さんは深くうなずいた。

「……探している桜って、どんなものなんですか？」

亜紀ちゃんが質問をすると、よくぞ聞いてくれたという風に、水上さんは笑った。

「それがね、本当に不思議な伝承なんだ。……時を超えて、生と死すらも超えて……人と人の『縁』を結ぶ、トキノサクラっていう桜なんだよ」

「時を超えて……生と死も超える……？」

亜紀ちゃんの声が、ふるえた。でも、ほんの少しだったから、水上さんは気づかなかったみたい。

「もう逢えない筈だった大切な人と、幽霊になったり、生まれ変わったりして、トキノサクラのおかげで再会できたっていう言い伝えが、ひっそりとあちこちの地方に残されてるんだ。古い文献の中にしか書かれていないから、一般の人は知らないだろうけどね。

まさか実在するとは思えない桜を追っかけてるなんて、バカみたいと思うだろう？実際、これまでトキノサクラについて調べた学者がいなかったのも、誰も本気で相手にしなかったからだろうし。

僕だって、周囲から変な目で見られてるよ。もう二十五なのに、いつまでも学生のままで、就職もせず、なにを遊んでいるんだって」

水上さんは、それがなんでもないことのように、おどけて言った。

確かに、不思議な話だと思う。幽霊がいるのは知ってるけど、生まれ変わりなんて、本当にあるのかな？

「もちろん、そんな夢みたいな桜の研究なんか、大学じゃ教授に認めてもらえないから、普通の桜の歴史に関する研究もやってるけどさ。でも、実際はトキノサクラにばかり夢中なんだから、将来どうするんだって言われちゃうよね。桜の異名のひとつに『夢見草《ゆめみぐさ》』って呼び方があるけど、まさに僕は……」

「トキノサクラって、さっきあたしが言った桜のことかもしれません」

おしゃべりな水上さんの言葉が、ぜんぜん頭に入っていなかったみたいに、亜紀ちゃんはつぶやいた。瞳が小さく左右に揺れるのは、頭がこんがらがっている時の亜紀ちゃんのくせだ。

当然、水上さんは、すぐには信じられないような顔をする。

「その半透明な桜の絵のこと、ひいおばあちゃんはトキノサクラと呼んでたって、この前、母が言ってたんです」

「…………えええっ!?」言葉をなくしていた水上さん、しばらくしてから、やっと驚いた声を出した。

「それって、トキノサクラは、千里町……つまり、千里自然公園にあるっていうことなのかな?」

「多分、そうだと思います。

　母は、実際の場所に連れて行ってもらっても、見えなかったそうだし、あたしなんか、その場所が公園のどこなのか、教えてもらったこともないんです。でも、曾祖母には、曾祖父の描いた半透明の桜が、ちゃんと見えてたって聞いてます」

　普通なら信じられないような話なのに、水上さんは、あっさり「そっか」とうなずいた。

「……あー、でもお母さん、本当にトキノサクラって言ってたかな。つい、さらっと聞き流しちゃったから、あたしの聞き間違いだったらごめんなさい。水上さんの探している桜は半透明じゃないって、さっき言われてましたよね」

「いやいや、トキノサクラって名前が同じなら、偶然の一致じゃないかもしれない。もしも間違いだったら、その時は諦めるからさ。お母さんにもう一回確かめてもらえないかな? ね、お願いだから」

恋した桜を何年も探し続けて、やっと見つかった手がかりとなれば、落ち着いてなんかいられないのかもしれない。水上さんは、ぎゅっと亜紀ちゃんの手をにぎってから、「あ、ごめん」と謝って、すぐに離した。

「電話で聞けたらいいんですけど、母は今日パートで、まだ仕事中だと思います」

「今すぐじゃなくて、かまわないよ。もし確認してくれたら、僕の携帯に連絡してくれると助かるな。番号は、さっき渡した名刺に書いてあるからさ」

「分かりました。……その代わり、教えてください。あたしに」

亜紀ちゃんが思い詰めているような表情をしているのに、水上さんは、やっと気がついた。今度は亜紀ちゃんが、水上さんの手を取る。

完全に、二人だけの世界って感じだ。周りのことは、ちっとも意識に入っていなそう。話に入れないわたしは、さっきから、亜紀ちゃんたちから離れたベンチにひざを抱えて座っている。

でも、二人の会話から気をそらすことはできなかった。

亜紀ちゃんが、こんなことを言い出したから。

「トキノサクラの不思議な力が、もしも本当なら……あたしにも、逢いたい人がいるんです」

「いや、僕だって、いくらなんでも、その不思議な言い伝えがそのまま本当だ、とまでは言えないよ」

水上さんは、さすがに困ったように答えたけれど。

「もちろん、あたしだって分かってます。水上さんだって、トキノサクラが伝承通りに実在してるって信じているわけじゃないですよね。モデルとなった桜があるんじゃないかって考えて、なぜ、そんな言い伝えが日本各地で生まれたかということに、関心を持たれてるんだと思います。

でも、あたしは昔から、曾祖父の絵にはなにか、大事な意味があるんじゃないかって気がしてたし、曾祖母が、その半透明な桜を見えるって言っていたことが嘘とも思えません。あまり話すことはできなかったから、実際どんな人だったのか分からないけど、あたしは曾祖母を尊敬しているんです。小さい頃から、ずっと。

曾祖父の描いた半透明な桜が、水上さんの調べているトキノサクラそのもので、古い言い伝えに残っているような存在だったら、本当に不思議な力があるような気がしてしまって……。あたしだって、もう子どもじゃないのに、言い伝えを鵜呑《うの》みにするみたいで、おかしいかもしれませんけど……」

亜紀ちゃんは、目をふせながら、水上さんの手を離して。たくさんの花で重たそうな桜の枝を見上げる。

「君の逢いたい人って……もしかして、その尊敬しているひいおばあさんなのかな？」

水上さんは尋ねた。亜紀ちゃんは、ふんわりほほえんで、その質問には肯定も否定もしない。

（………）

亜紀ちゃんの言葉の意味がわかるわたしは……背すじが冷たくなるような気がするほど、怖くなった。

いくら、亜紀ちゃんと水上さんが気が合いそうだからって。初対面なのに、答えられるわけがない。もう思い出したくない、あの日に関わることなのに。だからこそ、ずっとわたしたちは、千里自然公園のことも避けて来たはずだよ。

だけど、わかってしまう。きっと亜紀ちゃんが、いったん心に決めてしまったら、トキノサクラを探しに行くのをとめることは、誰にもできないだろうって。

亜紀ちゃんは、さらに水上さんに質問する。

「……それとも、もし本当に『縁』が結ばれていたら、あたしにはもう、その亡くなった人の姿が見えている筈なんでしょうか。逆に言えば、その人が見えないということは、やっぱり、あたしたちのあいだに『縁』はないってことですか？」

「いや、そうとも限らないよ」と、水上さん。

「絆を結ぶ不思議な力はあくまでも、トキノサクラを中心に働くものだから。『縁』で繋がれた同士であっても、実際にトキノサクラの許に行ったことがない場合は、亡くなった相手の姿は見えないんじゃないかって僕は推測してる。

古書で見つかったエピソードだけどさ。数年前に死に別れた妻に逢いたくて、トキノサクラを探し続けていた男が、やっとその場所に辿《たど》り着《つ》いた時、実は、愛する妻が今までも自分に寄り添っていたことを知った……なーんていうロマンチックな話もあるからね」

不思議な言い伝えがそのまま本当だ、とまでは言えないと、さっきはことわっていたけど。学校の先生みたいにすらすら説明している水上さんは、トキノサクラのこと、しっかり信じているようにしか見えなかった。

「じゃあ、トキノサクラの場所に行けば、あたしにも『縁』が繋がっているかどうか、分かるんですね？　伝承が、本当なら」

「そういうことになるね」と、水上さんはうなずいた。

「僕はさっきから、こう考えてる。もしかしたら、君はトキノサクラの守り人の子孫かもしれないって。……だとしたら、君に『縁』が結ばれる確率も、普通の人より高いかもね。まぁ、これは根拠のない、ただの想像だけど」

亜紀ちゃんは、不思議そうに水上さんの顔を見上げる。

「トキノサクラの守り人って言葉……聞いたことがある気がします。まだ本当に小さい頃、曾祖母から」

「トキノサクラについての言い伝えが残っているなら、君のご先祖様の続けていたお仕事こそが、それじゃないかって思うんだ。

昔、トキノサクラを守り、その存在を俗世からそっと隠しつつも、『縁』に繋がれた人々の力になっていた一族がいたらしいんだよ。まぁ、守り人たちがしっかり秘密を守っていたおかげで、トキノサクラが一体どこにあるのか見当もつかなくて、僕としては困ってるわけだけど」

水上さんは、へへ、と笑った。

「俗世から守るって言っても……トキノサクラは、『縁』を持つ人以外には見えないんでしょう？」

「でもさ、その場所には、亡くなった大切な人に出逢うため、毎年のように誰かが訪ねて来るわけだ。心ない野次馬連中が、死者に逢う人間を見物しようとか考えて、押し寄せてみなよ。トキノサクラの実在を検証しようって、面白半分に踏み込んで来る輩《やから》も出てくるだろうし。せっかくの感動の再会の場なのに、台無しなんてもんじゃないよね」

「あー……確かに、そういうことがあっちゃいけませんよね」亜紀ちゃんは、表情を苦くしてうなずいた。

「逆に言えば、世間に秘密にしているがために、せっかく『縁』が結ばれているのにトキノサクラの存在を知らないままの人だって、いるんだろうけどね……」

話には、興味があった。亜紀ちゃんのひいおじいさんが描いた桜の絵は、わたしも大好きだし。あの桜が現実にあったら、どんなにきれいだろうって思う。

でも、水上さんの言っていることが、どこまで本当なのかはわからない。少し、おかしいなとも思う。

本当にトキノサクラの守り人の子孫だとしたら、そのお仕事は、どうして亜紀ちゃんの家族に伝わっていないんだろう？　わたしは水上さんに質問をできないから、おとなしく話を聞くしかなかったけれど。

「……分かりました。教えてくれて、ありがとうございます」まるで、言葉のひとつひとつに、あたらしい血が通っていくような声。やっぱり、亜紀ちゃんは、もう決意してしまったみたいだ。「行ってみます。今から」

「え……でも、まだトキノサクラのことは確認できないって……」

「これから千里自然公園に行って、自分の足で探します。本当かどうか、一秒でも早く確かめたいし。

あたしには、どうしても謝らなくちゃいけない人がいるんです。謝ったからって、絶対に許されることじゃないけど」

わたしは——心の中で悲鳴をあげる。

「ねえ、やめようよ……亜紀ちゃん」思わず、弱気な言葉がくちびるからもれてしまうけど、亜紀ちゃんにそんなわたしの声なんか、届くわけがなくて。

聞こえたとしても、やめてはくれないだろう。亜紀ちゃんは、わたしじゃなくて、亜紀ちゃん自身が謝らなくちゃいけないって、本当にそう信じているんだから。

……亜紀ちゃんは、水上さんにわたしたちの抱える事情を話しはじめた。初対面だし、話せるわけないと思っていたのに。

「ごめんなさい。いきなり、こんな重たい話してしまって」

話し終えた後、亜紀ちゃんが謝ると、水上さんは「ううん」と、大きく首を横に振った。

「僕、あまり真面目に生きてる人間じゃないし、こういう時言えるうまい科白なんて、なんにも思いつかないけどさ……でも、逢えるといいね」

そう言うと、くしゃくしゃと亜紀ちゃんの頭をなでた。亜紀ちゃんは、少しくすぐったそうにして、小さく笑った。

それからスケッチの道具を片づけはじめた亜紀ちゃんを、水上さんはずっと静かな瞳で見守っていた。濃い鉛筆の芯みたいな色をした瞳は、波のひとつも立たない水面みたい。なにを考えているのかは、表情からはわからない。

別れぎわになって。

「……これまで、君と会ったことって、一度もないよね？」水上さんが、突然そんなことを確かめる。「そうなんですよね」と、亜紀ちゃんがすぐに答える。

やっぱり、二人とも、はじめて出会った気がしないって思ってたみたい。

「でも別に水上さんに対して、運命の相手だとか、そういう気持ちはないんですよ」

亜紀ちゃんは冗談っぽく言った。水上さんは、「君から見たら僕は、恋人にするにはオジサンだろうね」と笑った。「まぁ、これも一種の『縁』ってことで。……もし本物のトキノサクラを見つけたら、後日でもかまわないから、一報もらえるかな？あ、えっと……」

「衣笠です」荷物をまとめ終わった亜紀ちゃんは、とびっきりの笑顔を水上さんに向けていた。「水上さんってば、トキノサクラの話にばかり夢中で、あたしの名前一度も訊いてくれないんだから。……衣笠亜紀っていいます。なんの『縁』だか分かりませんけど、よろしくお願いします」

そして、深く頭を下げてから、バス停へと早足で歩き出す。

できることなら、逃げ出したかった。……トキノサクラに行くことが、怖かった。でも。わたしは、これからも亜紀ちゃんのそばにいたい。もし今逃げ出したら、後悔することになるかもしれない。

それに、水上さんの登場で混乱したせいで、なんだか、とても大切なことを忘れてしまってる気もするんだよね……。

「……亜紀ちゃん、待って」

わたしは、しぶしぶ亜紀ちゃんの背中を追った。

バスに乗って駅へと戻り、また電車に乗って。

田舎だから、バスも電車も本数が少ないのに、乗りつぎのタイミングはとてもよかった。覚悟が決まらないわたしにとっては、うれしくない。

電車はやっぱり混んでいたけれど、乗った駅で運よく席が空いて、亜紀ちゃんは座ることができた。空いたのは一人分の席だったから、わたしは亜紀ちゃんのそばに立つ。吊《つ》り革《かわ》に手は届かないけど、わたしなら大丈夫だよ。

……この電車の中で、今日、もうひとつの出会いがなかったら。わたしのそのあとの行動は、ぜんぜん違うものになったかもしれない。もしかしたら、千里自然公園に着く前に、やっぱり怖くなって、本当に逃げ出してしまったかも。

「お。なんと。そこにいるのは班長か？」

同じ車両の中にいた、高校生ぐらいの男の子の集団の中で……真っ赤なトレーナーを着て、髪を短く刈った子が、突然手を振ってきた。わたしにも、見覚えがある男の子だった。昔とくらべて、ずっとからだが大きくなってたけど。

「旭山くん！　うわぁ、めっちゃ久しぶり」

亜紀ちゃんは目を丸くした。旭山くんは、周りにいた男の子たちに「すげー可愛いコじゃん、紹介しろよ」とか、「なんだよ、班長って」とか、色々からかわれながらも、車両の中で立っている人たちをかき分けて、わき目もふらず亜紀ちゃんへと近づいて来た。「お前らナニ班なんだ」と言われた時には、すかさず「俺たちは四班だ！」と返す。うわぁ、旭山くんって、記憶力いいなあ。

その旭山くんが、亜紀ちゃんの席の真ん前の吊り革につかまって立ったので、わたしは思わず後ずさりして場所をゆずった。

「……今でも、班長とか呼ぶことないのに」

亜紀ちゃんは、ちょっと恥ずかしそうに、くちびるをとがらせる。

「いや、俺は決して忘れないぞ。有無を言わさない、それはもうアグレッシブな、あの頃の班長のリーダーシップを！」旭山くんは、握りこぶしまで出して。

「やだなぁ、子どもの頃の話じゃない」亜紀ちゃんは耳をふさぎ、小さく地団駄を踏む。わたしも、なつかしくなって、あの時のことを思い出した。


亜紀ちゃんとお友だちになったのは、小学校3年生の時。

まだ、あたらしいクラスになったばかりだったのに。先生がいきなり、班ごとに、この千里町の歴史を調べましょう、って課題を出した。

男の子と女の子が二人ずつの班だった。わたしと、旭山くんと、名前を覚えていない男の子と。そして、もう一人の女の子が、班長をしていた亜紀ちゃんだった。

テーマは千里自然公園の歴史にしよう、って亜紀ちゃんが言い出して。しかも取材に行こうなんて提案して、日曜日にみんなででかけることになった。男の子たちは文句を言ってたのに、無理やり決めてしまったんだ。だから、最初は亜紀ちゃんのこと、強引で、怖い女の子なのかなって思ったよ。

でも、あとになって、理由がわかった。亜紀ちゃんはただ、ひいおばあさんが植えた千里自然公園の桜のことを、みんなに、もっと知ってほしかったんだね。

……人見知りのわたしは、取材の日、まだあまり知らないクラスメートと一緒に行動するのが、とっても不安だったけど。

行ってみたら、思いがけないほど楽しかった。

公園のおじさんのお話には感動して、少し胸が痛くなった。大切な人を一生待ち続けながら、桜を植え続けた女の人の話。千里自然公園がそんな風に生まれたなんて知らなかったから、びっくりした（その人が亜紀ちゃんのひいおばあさんだと、あとから知った時は、もっとびっくりしたけど）。

それに、あのおじさん。熊谷《くまがい》さんって名前だったけど、すごく優しい人だった。公園内のあちこちを回っている時、わたしはなにも言っていないのに、ゆっくりしか歩けないことにすぐ気づいて、スピードを合わせてくれたし。あちこちで立ち止まって、いろんな話をしてくれたのも、わたしが途中で休めるように気をつけてくれたからみたい。ベンチに座る時間を何度もとってくれた。そうじゃなかったら、長い時間、坂道の多い公園を歩き続けることは、わたしにはできなかった。

それに。優しいのは熊谷のおじさんだけじゃなかった。

発表の日のことを考えると、すごくドキドキして死んじゃうんじゃないかと思ったけど。毎日、放課後に班のみんなで発表の準備をして、本番の練習だって何度もしたから、四人で黒板の前に立った時も、ちゃんと話すことができた。わたしと、もう一人いた男の子も話すのが苦手だったから、亜紀ちゃんは、発表の練習のための時間をとってくれたんだね。

その気持ちがうれしかったから。わたしは、そのあと、亜紀ちゃんとお友だちになることができた。

ぬいぐるみの、くまのクーちゃんとか、大好きな物語に出てくる小人さんとか、そういう存在をのぞけば……わたしにとって、亜紀ちゃんは、はじめてのお友だちだったんだ……。

「でも、いいんだよ。俺も行くまでは散々文句言ったけど、結果的には楽しかったからな」旭山くんも、昔のことを思い出したのか、少し目を細めた。「元気かなぁ、あの変なおっさん。今でも公園に住んでんのかな。……こう言うと、まるで、どっかのホームレスの話でもしてるみたいだよな」

あはは、とひとしきり笑った後、亜紀ちゃんが本当に小さな声で、「あ、もしかして」とつぶやいた。電車のゴトンゴトンと揺れる音にかき消されそうだったけど、わたしには聞こえた。なんのことだろう？

「あと、佐野の奴もなー」ぼそっと旭山くんがつけ加えたおかげで、思い出せた。そういえば、もう一人の男の子は、佐野くんっていう名前だったな。すると、「あーっ、そうそう！」突然、亜紀ちゃんが両手を打ち合わせた。「あたし、去年の秋ぐらいに、佐野くんのこと見たんだよ」

「は？　マジかよ。どこで？」旭山くんが身を乗り出す。

「ほら、千里自然公園の入り口の前に商店街があるよね。あたし、その辺に知り合いが多くて、時々行くんだけど……あそこで見たの。

佐野くん、確か中学校に入る前に転校したじゃない。だから、あたしもびっくりしてさ。久しぶりーって話しかけようって思ったんだけど……なんかもう、この世の存在じゃなくなったみたいな真っ青な顔で、フラフラ歩いてて。

向こうは、あたしがいるのにさえ気づいてなかったと思うよ。とても声をかけられる雰囲気じゃなかったもん。だけど、一体なにがあったんだろうって心配してたんだ。……旭山くん？」

ふと気がつくと、旭山くんは身をかがめて肩をふるわせている。……どうやら、かなり怒ってるみたいだ。

「あーっ、もう、あの野郎。なにがあったか知らないけど、こっちに帰って来たならまず俺に頼れっつーの！　超水くせー」

「小学校の時、仲良かったのにね」亜紀ちゃんが首をかしげると、

「そうだよぉ、聞いてくれよ班長っ」旭山くんはわざとらしく泣き真似をした。

「あいつって、俺と大して成績変わらなかったよな。なのに引っ越した先で、めっちゃ頭いい高校に入ったらしいんだよ。信じられるか？　しかも、俺がそれ知ったのは佐野本人からじゃなくて、親の知り合い通じてだからな。

ありえねーよ。ずっと連絡のひとつもよこさねえなんて。

俺が昔、どれだけ、あいつの面倒見てやったと思ってるんだ。あいつマザコンで、ほっとくと家から出ないからさ。一葉祭だって、滝野《たきの》の花火大会だって、全部俺が連れて行ったのに」

……旭山くんって、いい人だったんだなぁ。

それに佐野くんって、実はすごい男の子だったんだ。でも、意外なようで、意外じゃないような気もする。

人見知りなところが、わたしと似ていて、ちょっと親近感があった。からだがちっちゃくて、怖がりで。旭山くんからは、「ガクブル」なんて失礼なあだ名をつけられたこともあったっけ。

でも、学校でピンチの時、たとえば先生に授業中むずかしい問題をあてられたとか、運動会で大変な役割を回されたりとか、いざという時には、なぜか上手に乗り越えちゃう子で。学校では、体育の時間も図工の時間も、なにをしても失敗だらけだったわたしから見ると、うらやましかったな。

亜紀ちゃんは、旭山くんの話を聞き終えると、優しくほほえんだ。

「友だちだから、寂しいのは分かるけどさ。佐野くんはきっと、勉強で忙しいんだよ。

旭山くんのこと忘れたわけじゃないと思うよ？」

「そぉか？」旭山くんは、不満そうに鼻をならしたけど。

「ほら、それに……佐野くんって、凜久と似たタイプじゃない」

「……あぁ、日吉《ひよし》のことか？」

　わたしがすぐ後ろにいることを知らない旭山くんは、わたしの名前を、少し重たそうに口にした。……そっか。旭山くんも、あの日のこと、知ってるんだよね。遠くに引っ越していった佐野くんは、知らないままだったかもしれないけど。

「こっちから見ると、大事に思われてる自覚がないんだーって思うけどさ。多分ね、佐野くんも凜久と同じで、人から大事に思ってもらってるっていう自信がないんだよ」

　わたしは……胸がはりさけるような気がした。

「……まぁ、確かにさ」亜紀ちゃんは、やわらかく笑う。

「それがもどかしく思える時だってあるよ。あたしとか、旭山くんみたいなタイプから見るとね。

　でも、佐野くんだって、きっと、旭山くんにも言えないことがあっただろうし……」

……と。

吊り革に体重をかけている旭山くんが、亜紀ちゃんの話を聞きながら、なぜかきまりが悪そうに足をもぞもぞさせているのに、亜紀ちゃんは（わたしも）気がついた。

「どうしたの？　旭山くん、おしっこ？　トイレだったら一両目にあったよ！」

「違うわバカ、俺は幼稚園児かっ。そうじゃなくて……」旭山くんは、同じ車両にいる仲間たちの方をチラっと振り返った。向こうに、こっちの声が聞こえていないことを確かめたみたい。

それから、ちょっともったいぶった調子で、口をひらいた。

「まあ今さらだし、班長には言ってもいいか……。

俺さ、実は小学生の時、ずっと……日吉のこと好きだったんだ。結局、言えないまま終わっちまったけど」

「え――っ！」亜紀ちゃんが思わず大声を出して、あわてて旭山くんが、口の前で人差し指を立て、「しっ、あいつらに聞こえるだろ」と黙らせた。

まあ、さっきの調子だと、そんな話を仲間たちに聞かれたら、あとで、もっとからかわれちゃうだろうね。……他人事《ひとごと》みたいに、そう考えてしまったほど、現実感が出てこなかった。

わたしみたいに、いいところのない女の子を、好きになってくれる人なんて、きっと、どこにもいないって。

ずっと、そう思っていたのに。

「あの頃のあたし、凜久と旭山くんと一緒にいたこと、何度もあったのに。全然分からなかったよ」

「そりゃ恥ずいし、気づかれたくなかったからな」

「……じゃあ、」

亜紀ちゃんは、かすれた声でつぶやいた。

電車のガタゴト揺れる音が、急に――耳にせまってきたような気がする。

「あの日――凜久が死んじゃって、旭山くん、つらかったね……」

悲しそうな顔をする代わりに、亜紀ちゃんの表情は、すっかり消えてしまう。

「全然、気づかなかった…………ごめんね……」

「桜を撮影するのは午前中がいいって言いましたよね。つまり、水上さんは、お昼前からずっと、この公園にいたってことですか」

……さっきの公園で。亜紀ちゃんと、水上さんが話していたこと。

「うん、その通りだけど」

「スケッチをはじめる前のあたしのこと、見ませんでした？　変な子だなぁって、思いませんでした？」

「あぁ、うん。気づいてたよ。はっきり言ってしまって悪いけど、」水上さんは、思い出してしまったのか、苦笑いをかみ殺したような顔をして答える。「ずいぶん独り言が多い女の子だなって思ってた。それもあって、君が絵を描きはじめた時、興味が湧いたんだし」

「……くせになっちゃったんです」

ふわっ、と風が吹く。桜の花びらが、枝からほんの数枚こぼれた。

亜紀ちゃんは、こみあげてくるものを、せいいっぱいこらえようとする。

「小学生の時に亡くなった親友に、話しかけるのが……」

「……………」

「凜久、っていう女の子で……いつも部屋の中で、本を読んでばかりいる子で……」

亜紀ちゃんが気にしなくて、いいのに。

わたしはずっとそう伝えたかったけど、どうしても言葉を届けることができない。

どんなに近くにいても、亜紀ちゃんは生きている人で、わたしは、もうそうではないんだから。

「もともと心臓が弱くて、体育だっていつも見学してる子だったのに。

あたし……凜久に、外で遊ぶ楽しさを教えてあげたくて……実際、遊びに誘ったら、どこにでもついて来てくれるから、なんだ大丈夫じゃんって、調子に乗ってしまって……一緒に外で遊んでいたら、凜久の身体だってもっと強くなれるんじゃないか、元気になれるんじゃないかって、勝手に、そんな風に思ってて」

亜紀ちゃんは、両腕を交差させて、自分の両目を隠した。まるで天国みたいな、やわらかな桜の雲を背景にして。

くちびるのかたちだけは、まるで笑っているようにして、亜紀ちゃんは言った。

「本当に人見知りな子だったのに、あたしにだけは懐いてくれたから……凜久が無理をしているかもしれない、なんて、一度も考えたことなかった。でも、無理してたとしても、遠慮して口に出せなかったんだろうなって、今なら分かるのに。

……あたし、千里自然公園に、曾祖母が咲かせた沢山の桜が、小学生の時、とっても自慢だったから……坂道が多くて、身体の弱い子にはきついところだったのに。凛久を何度も遊びに誘ってて……それで。

あたしのせいで、凛久は、桜の中で倒れてしまって……。

本当は……あたしが凛久を死なせたようなものなんです」

両目を隠したまま、亜紀ちゃんは、しっかりした声で言った。

「あたし、幽霊が見える人が羨ましいんです。もしかしたら……凛久は今でも、すぐ近くにいるかもしれない。小学生の時、ずっとそうだったみたいに。だから、ずっと話しかけるの、やめられなくて」

桜の不思議な力で、こうしてわたしが、亜紀ちゃんと一緒にいられてる……確かに、その通りかもしれない。わたしはあの日から、ずっと幽霊として、亜紀ちゃんにつきまとってきたわけじゃないんだ。亜紀ちゃんのそばにいられるのは、いつも春。桜が咲いているあいだだけ。

桜が散ってしまうと、いつも、わたしは夢も見ないほど深く眠ってしまう（眠るのは、生きていた時と同じ、わたしの部屋のベッド。お母さんは今でも、わたしの部屋をそのまま残してくれている）。多分、わたしが眠っているあいだも、亜紀ちゃんは一年中ずっと、わたしに話しかけ続けてくれているんだろうけどね。

わたしもずっと、桜を見上げるのが怖かった。桜を見ると、あの日のことを思い出して、亜紀ちゃんを深く苦しめてきてしまったことを、考えずにいられなくなりそうで。だから、わたしたちはあれから、千里自然公園には一度も行ったことがなかったんだ。

亜紀ちゃんの言葉を聞きながら、わたしは、ハッとしていた。

トキノサクラの不思議な力が本当なら、これから、亜紀ちゃんと話せるのかもしれない。

それが、やっと現実の重みを持って、胸にせまってきた。

人見知りなのに、亜紀ちゃんとはお友だちになれたわたしだけど……今から話せるかもしれないと思うと、うれしさよりも、緊張や不安が勝ってしまう。

だって、もしもまた話せる時が来るとしたら、遠い将来、亜紀ちゃんがおばあさんになって死んじゃってからだって思ってきたし。

亜紀ちゃんみたいに強くないわたしは、いっそ、逃げ出したくなってしまう。

だけど、水上さんの話が本当だとすると。亜紀ちゃんがトキノサクラに行ったら、『縁』の力で、幽霊のわたしが目に見えるようになってしまうのかもしれない。まだ亜紀ちゃんに、顔を合わせる勇気が出ないのに。

亜紀ちゃんはわたしのことを考えてくれてるのに、逃げることを考えてしまうなんて。わたしだって、自分が大嫌いだよ。でも、あまりにも突然すぎて……。

生きていた時は亜紀ちゃんと同い年だった。でも、わたしは、中学生になる前に死んじゃった。桜の咲く時期にしか目を覚ませないから、わたしにとっての時間は、あれからあまり過ぎていない。だから、わたしは、今の亜紀ちゃんよりも、ずっと子どもなんだって……そう思う。

亜紀ちゃんは悪くない。謝らなくちゃいけないのは、本当はわたしの方なんだ。


あの日も、今日みたいに花ざかりだった。

周囲は360度、どこを向いても桜、桜。わたしたち二人、わざとぐるぐる回ったり、飛びはねたりして。いつもより、何倍もはしゃいでいた。

心臓がドキドキしていないのに、気づいていなかったと言えば、嘘。でも、こんなに満開の桜だから、待ちに待った春だから。お天気もこんなにいいし、大好きな亜紀ちゃんと二人きりだし。今日だけは特別でいいって、そんなこと考えてた。

春風の中、からだも軽くなったようだった。亜紀ちゃんが望んでくれた通り、わたし、小さい頃よりずっと丈夫になれたんじゃないかって、勘違いしてしまうぐらいに。

亜紀ちゃんは、足も速い。「昔、熊谷のおじちゃんが教えてくれたよね、海の見えるところ。あそこまで行ってみようよ！」って、どんどん山道を駆け上がって行って。羽でもはえているみたいに、軽々とした足どりで。

あ、置いて行かれちゃうと思って。

わたしも走り出したとたん、胸の中に強い違和感が生まれた。

痛いとか、苦しいとかじゃなくて。まるで、からだの中身全体がよじれたような、奇妙な「ばくん、ばくん」っていう音。すごくリズムがおかしくて、それが自分の心臓の音だって、信じられなかった。すぐに頭の中が、しいんと真っ白になって、ほかの音はなにも聞こえなくなった。

そのまま、どのくらい時間がたったのか、わからない。ほんの数秒かもしれないし、十分ぐらい後かもしれない。

あれ、と思った時には、360度の桜と、水色の空とお日様と雲が、ものすごい勢いでぐるんぐるん回っていて。わあ、洗濯機みたい、なんて思っちゃった。洗濯機の中で回転してる、お洋服になった気分。周りの景色が、みんな混ざっちゃって……そして、あとは、ぎゅうぎゅうに水をしぼられて、ふんわりと干されるだけ。

「どうしたの……凜久？　凜久……⁉」

亜紀ちゃんが駆け戻って来ていて、倒れたわたしの肩をゆすって、名前を呼んでくれる。

大丈夫だよ。苦しくないよ。

実際、ふわふわして気持ちよかったから、心配してくれる亜紀ちゃんにそう答えたかったのに。口も、手足も、もうわたしのものではなくなったみたい。力がみんな、地面の下へと吸いこまれていくようだった。

元の世界に戻れないところへ、もう来てしまったんだって、わかった。

亜紀ちゃんが、また走り出した。こういう時、子どもにできるのは、大人を呼んで来ることぐらい。だから、熊谷のおじさんをさがしに行ったんだろうなって思った。

そんなにあわてなくても、いいのに。

死にたかったわけじゃない。でも、別に……いっか、という気分だった。わたしには亜紀ちゃんみたいに得意なことが、なにもない。からだだって弱いし。勉強も、国語以外はあまりできない。ほかの人と話すのも、とても苦手で、お友だちは、亜紀ちゃんのほかには誰もいない。自分の見た目も好きじゃない。髪はくせっ毛だし、顔はそばかすがついてて可愛くないし。

ちょうど、わたしたちは小学校を卒業したばかりだった。これから中学生になるのが、とても不安だった。

さらにその先、高校生になって、大学生になって……大人になるのが怖かった。仕事をしたり、自分の子どもを育てたりするなんて。ううん、男の人と結婚することだって、わたしには、無理じゃないかと思ってた。

こんなに桜のきれいな日に、子どものまま、ふわって、夢みたいにいなくなってしまえるのなら、それで別にいいよ、って。

亜紀ちゃんは、わたしのほかにも、たくさんのお友だちがいるんだから……わたし一人ぐらいがいなくなっても、平気だよね、大丈夫だよねって。

そのあと。

熊谷のおじさんが意識のないわたしを抱き上げて運んでくれたこととか、大きな病院に入れられたこと、わたしのお葬式のことも、なぜか、少し覚えている。どこから見えたのかはわからないけど、お母さんや、亜紀ちゃんだけではなくて、同じクラスだったほかの女の子たちまで泣いているのが、とても不思議だった。

思っていたよりも、ずっとわたしは、ほかの人たちの心の中にいたみたい。

そして、それだけでは終わらなかった。

亜紀ちゃんが、ずっと自分を責め続けるなんて。いつも恥ずかしい思いをしてしまうのに、それでも、わたしに話しかけるため、独り言を言い続けてしまう女の子になってしまうなんて。

本当はお医者さんから、外で思いっきり走り回っては駄目だって言われてた。お母さんに心配をかけたくなくて、図書館に行くって嘘をついて、亜紀ちゃんに誘われるまま、よく外に遊びに出かけてた。

悪い子なのは、わたしだよ。それなのに……。

「おい、班長！」旭山くんが、片手を伸ばして、亜紀ちゃんの肩をつかんだ。

「日吉がああなったのは、お前のせいじゃねーぞ。俺、前にもそう言っただろーが。あいつと千里自然公園に行ったのは、あの時がはじめてじゃないだろ？　最初の取材もそうだし、あのあとも、みんなで何度もおっさんに会いに行ったよな？　俺らには分かんなかっただろ、どれだけ日吉の心臓が悪かったかなんて。

大体、生きるとか死ぬとか……そんなの、俺らには簡単にコントロールできるようなもんじゃないだろ」

旭山くんの目が、ふっと遠くなった。

「俺、全然、こんなこと考えるような柄じゃねーんだけど……あの時、今と同じで、桜が満開だっただろ。あいつ、すごく純粋だったから、そういう時に神様とかに選ばれて、大人になる前に、天国かなんかに連れて行かれたんじゃないかって……そんな気がしてて……」

「理屈じゃないよ」亜紀ちゃんは、小さく首を振った。

「死なれちゃった側はね、理屈じゃないんだよ。旭山くんの言いたいことも頭では分かるけど、罪悪感は多分……一生消えないよ。

あんなことがなければ……きっと凜久の人生は続いていたんだ。なにか自分があたらしい経験をするたびに、凜久にはこの経験はできなかったんだって……そう考えてしまうの。そうしたらあたし、今でも、眠れなくなる。凜久の可能性を、あたしが、永遠に閉ざしたんだもの。

あの子、話すのが得意じゃなかったから、なかなか本音は伝わってこなかったけど。傷つきやすい代わりに、濃やかな感性を持ってたと思うんだ。あたしには見えなくて、凜久の感性では見える世界だってあったと思うの。

例えば、同じ風景をあたしと凜久が描いたとして、あたしが十二色の色鉛筆を使っているとしたら、凜久は三十六色の色鉛筆で描くんじゃないかなって」

「でも絵なら班長の方が全然うまかったじゃないか」と旭山くんが口をはさみ、「いや、あくまで、ものの喩《たと》えだから」亜紀ちゃんは顔の前で、ぶんぶん両手を振る。

「絵じゃなくても、いいの。言葉じゃなくてもいい。きっと、ほかの表現の仕方は無数にあると思うの。凜久が大人になったら、きっと、この世界で凜久にしかできない仕事を、なにか見つけてくれたんじゃないかなって……」

……わたしは、ただ、びっくりしていた。

亜紀ちゃんにくらべて、わたしは、ぜんぜんなんにもできないって思っていたのに。将来仕事をできたかもしれない自分なんて、まるで想像もつかないのに。

そんな風に亜紀ちゃんが、わたしのことを考えていたなんて、思いもよらなかった。

亜紀ちゃんが、わたしの可能性を閉ざしたわけじゃない。

閉ざした人間がいるとしたら、それは間違いなく、わたし自身だ。

……だけど、知らなかった。

学校の中でうまくやっていけなかった、お友だちが亜紀ちゃんのほかに誰もいなかった、こんなわたしでさえ。

未来が、あったかもしれないこと。

上手に話せなくても、亜紀ちゃんみたいに得意なことがなくても……もしかすると、わたしにもできることを、いつか見つけられたかもしれない。学校の授業とは関係のない、もっと自由な世界が――大人になって、この広い空の下に出て行けば、どこかには待っていたのかもしれない。

そして、もしも生きていて。旭山くんから告白なんてされたら……多分わたしは、恥ずかしくて、なにも答えられずに逃げだしてしまっただろう（旭山くんも、そうなる気がしていたから、わたしにはなにも言えなかったのかもしれない)。そして、そんな自分が、すごく嫌になっただろうな。

その上、本当に悪いけど、わたしが旭山くんのことを好きになれたとは、どうしても思えない……。

だけど、それでも、直接「好き」だと言われたら、どんな気持ちがしただろう。こうして亜紀ちゃんを通じて聞いただけでも……心の中が、いっぱいの鳥の羽根で満たされたみたいに、ふわふわして、くすぐったくて、あたたかい気持ちが広がってしまうのに。

昔、ファンタジー小説を読んでいたら。もう死んでいて、幽霊になった人が登場して、自分はもう生きていけないんだーって、くやしがってる場面があったんだよね。わたし、それを読んでいて、不思議だったんだ。幽霊であっても、同じ世界に存在できて、ちゃんと考えたり、感じたりすることもできるのなら、生きているのとなにが違うんだろうって。それって、死んでいるとは言えないんじゃないかって。

……でも、やっぱり違うんだね。

今、ここにいる、亜紀ちゃんと旭山くんを見ていると、わかるよ。

二人は、これからも前に進んでいく。ちゃんと、この世界で呼吸をして、自分の足で歩いていくんだ。

生きていれば、いつか、つらい思いをした意味が見つかるかもしれない。またどこかで、好きになれる人に出会えるかもしれない。

苦しんでいても、二人を包む空気はキラキラと輝いて、うっすらと、見えない未来へ、どこまでも伸びて行くのが見えるような気がした。

時間が止まってしまった、わたしとは違う。

死ぬということは、それ以上のどんな自分にも、なれないということだったんだ。

生きていた頃のわたしなら、こんな気持ちの時はきっと、ほっぺたに熱くて、少しこそばゆいものが流れたんじゃないかと思う……。でも、幽霊のわたしには、もう泣くことさえもできなくなっていて。

代わりにわたしは、ぎゅっと瞳を閉じた。

生きていたかったと、はじめて思った。

そうだよ。だから、せめて亜紀ちゃんは……死んだりしたら、駄目なんだ。

……ああ。

わたしは、なんて大事なことを忘れてたんだろう。

もうなくなったはずの心臓が、またドキドキしはじめたような気がした。

もしも、トキノサクラの下で亜紀ちゃんと話せたら、ドッペルゲンガーを見たことを伝えられる!

亜紀ちゃんに、危ないことが近いうちに起きるかもしれないって、ちゃんと教えてあげることができるよ。

それなら……逃げちゃ駄目だ。わたし、絶対、逃げたりしちゃ駄目。

勇気を出して会おう。……亜紀ちゃんのことが、大好きなんだから。

知らなかった。わたしにはそんな力はないと思っていたのに、大切なお友だちのためなら、ちゃんと勇気を出せたんだ。


旭山くんと別れて、電車を降りて。

亜紀ちゃんは、駅からも、ずっと早歩きだった。

午前中に寄ったばかりの、有明堂の前も通りすぎて——商店街を抜けて。

桜でいっぱいの千里自然公園が、少しずつ目の前に広がって来る。

この公園を避けて、今日、わざわざ隣町まで桜を見に行ったのが、とても不思議なことだった気がした。

近づくにつれ、わかる。さっきの青葉公園とは、比べものにならなかった。いつもは静かな山々が、春にはしゃいでいるように、一年に一度のお祭りをしている。まるで神様が、世界に特別な絵の具で描いたような、とびっきりのさくら、さくら。……悪いけど、たとえ亜紀ちゃんのスケッチだって、こうした本物の景色を見た時の感動には、やっぱりかなわないんじゃないかって思っちゃう。

亜紀ちゃんのひいおばあさんは、すごい人だったんだなあ。

それにしても。いつもなら、わたしにずっと話しかけ続けてくれる亜紀ちゃんが、ずっと無言なのが気になる。電車を降りてから、一言も口をきいてくれない。うつむいて、口を引きしめているのは、なにかを考えこんでる時のくせ。そして、両手をぎゅっと、グーのかたちにしているのは……。

あまり、見たことがないけど。もしかして、亜紀ちゃんも緊張してる？

ひいおじいさんの描いた、ひいおばあさんが見えたと言っていた、トキノサクラが本物かどうか……不安なのかな。

でも、亜紀ちゃんは決してスピードをゆるめないまま、ついに、車がぎっしり停《と》められた公園前の駐車場も、公園の入り口も通り抜けてしまう。

中にはやっぱり、お花見に来ているお客さんが、たくさんいた。

レジャーシートに座って魔法瓶のお茶を飲んでる家族連れ、元気そうに腕を大きくふって歩くお年寄り、ベンチに座った恋人さん。スマホで桜の花を撮っている女の子たち。中には、着物を着て記念撮影している人までいる。

……わたしが死んじゃった日も、ここは同じようににぎやかだった。公園の入り口の近くほど混んでいるから、わたしたちは、もっと山の上へと登って、二人だけでお花見を楽しもうとしてたんだ、と思い出す。

そんな中、亜紀ちゃんはあたりをきょろきょろ見回して、誰かをさがしていた。

ここに来てさがす相手と言えば、一人しか思いつかないな。

姿を見つけるのは、簡単だった。熊谷のおじさんは、はじめて会った日と同じく、大きなゴミ袋を引きずって公園の掃除をしていたから。

「おじちゃん！　久しぶり」

亜紀ちゃんが、うれしそうにおじさんへと駆け寄る。

そっか。ほとんど千里自然公園に来ていなかったということは、亜紀ちゃんにとって熊谷のおじさんは、なかなか会うことができない人になってたんだ。わたしにとっては、そこまで久しぶりという気はしないけど、亜紀ちゃんには、あの日から、何年かの時間が流れてるんだし。

ここに住んでるっていうのが、本当か嘘かはわからない、でも確かに、雨の日も風の日も公園にいるおじさんは、ゴミ拾いをやめて顔を上げた。

「おぉ、亜紀ちゃんじゃないか。久しぶりだね」

そして、まったく声の調子を変えずに、続けて言った。

「凜久ちゃんも、よく来てくれたね」と、まっすぐにわたしの顔を見て。

「え……」予想してなかったから、びっくりした。

……だけど、このおじさんのことなら、わたしだって怖くない。

「わたしのこと、見えるんですか？」

おじさんは、笑いながら、ぽりぽりと頭をかいた。「うん、まあね……。多分、君もいつか帰って来ると思って、待ってたよ。亜紀ちゃんに『縁』で結ばれた相手がいるなら、間違いなく凜久ちゃんだろうなと思ってたし」

「！」

えにし、って、水上さんが言ってた言葉だ。

どうして、熊谷のおじさんが知っているのかはわからない。この公園の管理人さんだからかな？　ただ、このおじさんが言うのなら、どんなに不思議な話だとしても、わたしには信じられる。

トキノサクラは本当にあるんだっていう実感が、少しずつやって来た。

……でも、そんなことよりも。

ここにも、わたしを覚えていて、待っててくれた人がいたのが、うれしくて。

じんわりとあたたかい気持ちが、おなかの底に広がっていた。

死んでしまってから、誰かと話したのは、はじめてだ。……あ、この前、亜紀ちゃんのドッペルゲンガーさんと話したっけ。でも、あの時は事故みたいだったというか、あまりにびっくりしたから、こんな風に感じるゆとりはなかった。

人と言葉を交わせることで、なぜか、緊張していたからだが、ほぐれていくみたいな気がした。……不思議。話すことで、こんなに安心するなんて。今まで、その逆だったらあったけど。

わたしは、ずっと誰とも話せなくても平気な子だって思っていたのに。

本当は、すごく心細かったみたい。

「……おじちゃん」

あっ、と思って振り返ると、亜紀ちゃんが目を白黒させている。おじさんの視線の先――つまり、わたしのいるあたりを、指さしながら。

「そ、そこに、凛久がいるの？　ほ、本当に？」

「あぁ、ごめんごめん」おじさんは、苦笑いした。「君たちは、トキノサクラのことも『縁』のことも、まだなにも知らないんだよな。説明するよ。長くなるから、どこかベンチにでも座って……」

「…………ふぇ……」

亜紀ちゃんは、ぎゅっと瞳を閉じて、うつむいた。

泣いているわけじゃないけど、まるで、べそをかく小さな子どもみたいに。

その姿を見ただけで、わたしは、逃げたりしないで、ここに来て、本当によかったと思ったよ。

幽霊のわたしがそばにいるのか、どうかが……亜紀ちゃんにとってはすごく怖いことだったんだって、やっと気がついた。亜紀ちゃんは強いから、わたしとは違うって思ってた。……だけど、そんなこと、なかったんだね。

本当にわたしが、大切に想ってもらってる自信を持てなかっただけだったんだ。亜紀ちゃんは、やっぱりわたしのこと、お見通しだったんだね。

おじさんも、亜紀ちゃんの様子に気づくと、言葉をとめて、そばで黙って見守って言った。そして、しばらくして、顔を上げた亜紀ちゃんは、びっくりするようなことをいた。

「やっぱり、おじちゃんが、トキノサクラの守り人なの？」

「……ん？」おじさんは、ちょっとだけ、きょとんとした。「なんだ、俺が説明する必要はないみたいだ。でも、誰から聞いたんだい？　亜紀ちゃんの家族には、トキノサクラの伝承はほとんど残っていない筈だし……」

わたしたちは、青葉公園で出会った水上さんのことをおじさんに話した。亜紀ちゃんの方にはわたしの声が聞こえていないから、あちこち説明がかぶってしまったけど。

わたしたちの顔を交互に見ながら、真剣に話を聞いてくれたおじさんは……笑みをなくしていった。だんだん無言になり、最後には腕組みをして、すっかり考えこんでしまう。いつも優しげな目つきが、鋭くなっていて、怖い。

おじさんのけわしい顔なんて、今まで見たことがなかったので、わたしは不安になってきた。なにか、いけない話をしてしまったのかな？

「どうしたの……？」

亜紀ちゃんも、おそるおそる、といった感じで声をかける。

「ん……あー、いや。なんでもないよ。いずれはここに来るんだろうし、俺、その大学院生とは、一度じっくり話してみなくちゃいけないな」熊谷のおじさんは、片手で自分の顔をつるっとなでた。

よかった。もう、表情が元に戻っている。

あっ、そうか。おじさんが、この公園で、トキノサクラを内緒で守っているのなら。もし水上さんが「本物」を見つけて、大学で発表してしまうと、すごく困るかもしれない。大学のことはよくわからないけど、わたしたちが小学校のクラスで千里自然公園のことを調べて発表したのとは、わけが違うだろうから。

だけど、水上さんも、さっき話してた感じだと……秘密にしなくちゃいけないことは、守ってくれると思うけどね。

「まぁ、そんなことよりだな。二人とも、トキノサクラについては、もう充分知っているみたいだけど、実物のところには行ってないんだろう？　まだ、亜紀ちゃんには凜久ちゃんのことが見えてないじゃないか」

わたしたちは、あわてて何度もうなずいた。そのしぐさが、二人そっくりになってしまったからか、おじさんは、白い歯を見せて笑った。

「亜紀ちゃんも凜久ちゃんも、この公園の中はよく知っているだろうけど、トキノサクラの周りは本当に樹ばっかりだから、最初は分かりづらいんだよな。よし、これから案内するよ」

熊谷のおじさんが一緒に来てくれて、ホッとした。おかげで、さっきまでの緊張がとけて、だいぶ楽になってる。

わたしは、そっとおじさんに話しかけた。

「あの……なんで亜紀ちゃんが、おじさんのこと、トキノサクラの守り人だって思ったのか、わからないんです。わたしも、亜紀ちゃんと一緒に、水上さんの話を聞いたのに」

おじさんはうなずき、亜紀ちゃんにわたしの話したことをそのまま伝えてくれた。

……こうやって、おじさんに伝言を頼まなくても、トキノサクラに着いたら、亜紀ちゃん本人と話せるはずなんだけど。

坂道を登るほど、お花見のお客さんは少なくなっていく。それにつれて、あの日の記憶と、目の前の光景が重なってくる。なにも話さないままでいたら、だんだん、つらくなってしまいそうだった。

「あ……それなら」

亜紀ちゃんは、わたしの歩いている場所がわからないから、目を向ける場所に困ってきょろきょろしながらも、わたしへと話してくれた。

「あたしさ、ひいおばあちゃんのこと、責任感ある人だったって信じてるから。なにかの事情があって、あたしたち家族にトキノサクラのことを伝えてくれなかったのなら、ほかの誰かに守り人の仕事をバトンタッチしたんじゃないかなって。

熊谷のおじちゃんが、ひいおばあちゃんから、公園の管理を任されたことは知ってたし……さっきの電車で、旭山くんがおじちゃんの話題を出してくれた時に、いろいろ思い出して、それなら辻褄《つじつま》が合うって思ったの。

おじちゃんが桜に向かって一人でしゃべってるって噂が立ってるのも、亡くなった人と話してるからだよね。さっきおじちゃんが、あたしには見えない凜久と話してるのを見て、分かったよ。……あたし、小学生の時から、てっきりおじちゃんにとって桜が友だちだからだって思い込んでたけど」

おじさんは、楽しそうに、ぷーっと吹き出した。

「っていうか、どうしておじちゃん、今まであたしにトキノサクラのこと、教えてくれなかったの？　そしたら、もっと早く凜久に謝ることができたのに。偶然、水上さんに出会わなかったら、知らないままだったよ」

亜紀ちゃんは、ちょっぴりほっぺたをふくらませた。

「……あぁ、ごめんね。

凜久ちゃんが『縁』に結ばれた存在になっても、トキノサクラの許に姿を現さなかったのは、きっと凜久ちゃんにとって、この公園がつらい場所になったからじゃないかって思ってて。亜紀ちゃんにとっても、そうだったと思う。ここで再会できるまで、時間も必要なんじゃないかと考えてたんだよ」

おじさんは、やんわりと苦笑いをした。

「機が熟せば、それこそ『縁』の力で、二人がここに来られるきっかけもできるんじゃないかって気もしたし……まさか、トキノサクラの存在を探る青年が出てくるとは思わなかったけど。でも、彼との出会いだって、本当に偶然だと言い切れるかい？

やっぱり、重要な意味があって出会ったんじゃないのか」

……なんだか、おじさん、自分に言い聞かせるような話し方をしてる。

「まぁ、その院生に出会わなくても、そのうち幸さんが亜紀ちゃんに教えてくれたんじゃないかとも思うけど」と、おじさんはつけ加えた。

あれ？　幸さんって誰のことだったっけ？　なんだか今日、どこかで聞いたような名前だよね……。

亜紀ちゃんは、明らかに、なにかを言いたそうな顔をした。でも、おじさんはそこで話を切りかえた。

「さぁ、トキノサクラはこの先だ。亜紀ちゃん、俺とだったら、桜が散ってからでも、いつでも話せるじゃないか。凜久ちゃんとは限られたあいだしか一緒にいられないんだぞ。ほらほら、時間がもったいない」

そして、おじさんは、亜紀ちゃんとわたしの背中を、そっと押してくれた。……わたしは幽霊だから、おじさんの手はすり抜けてしまったけど、それでも、大きな手のひらのぬくもりが伝わってきたような気がした。

前を向くと、山の中、どこまでも続くようだった桜のトンネルが、とぎれている。

その向こうは、なぜか、陽ざしがまぶしくて、まぶしくて、よく景色が見えなかった。

「凜久」亜紀ちゃんのくちびるが、動いた。「……行こう」

「うん」わたしはうなずいた。思わず、何度も。「……うん」

そして、一緒に走り出す。

生きている時には、できないことだった。幽霊になった今なら、どんなに力いっぱい走っても、心臓がドキドキしたり、息が切れたりしない。

うわぁ、知らなかった。思いっきり走るのって、ワクワクして気持ちいいんだ。

あの日の亜紀ちゃんが、いっぱいの桜の中、海の見えるところまで坂道を駆け上がりたくなった気持ち、わかったよ。

亜紀ちゃんと二人で、どこまでも走れそうだった。桜の花びらと一緒に、春風になれるような気がした。胸いっぱいの、あふれるような喜びだけで、そのままふわりと桜のこずえもこえて、雲の上まで舞い上がって行けそうだった。

桜のトンネルを抜けると、光がいっぺんに目に飛びこんできて、しばらく、目の前が真っ白になった。

やがて、少しずつ、少しずつ見えて来る。

わたしたちを受けとめてくれる、やわらかな草の地面。なぜか祈りたくなるほど、深い山の緑。おかえり、と神様が言ってくれたような気がした。

そして、亜紀ちゃんのひいおじいさんの絵の通り、半分透きとおって向こうが見える、巨大な桜。伝承というより、伝説の桜と言った方がぴったりだ。

花びらも透きとおっていて、まるで、あたたかい雪が降っているようにも見えた。

でも、光がまぶしい上に、目の前が涙のせいで七色にくちゃくちゃになって、透きとおった桜は、ぼんやりとかすんでしまう。

……あれ、涙？　わたし、ちゃんと泣けているの？

「凜久……凜久！」気がつくと、抱きしめられていた。不思議。わたし、ここでは幽霊じゃないみたい。ちゃんと、亜紀ちゃんの胸の中にいる。ドクドクと響く心臓の音や、本物の体温が伝わって来てる。

「凜久、ごめ……ごめんね」

「ううん、亜紀ちゃん、わたしこそ、ごめんなさい」

顔を合わせたらなにを言えばいいかわからない、なんて、ぜんぜん気にしなくてよかったんだ。いざ再会できたら、素直な言葉が口からするっと出てきた。そして、それ以上の言葉は、なにもいらなかった。

顔を上げると、すぐそばで亜紀ちゃんと目が合った。その亜紀ちゃんの目にも、みるみる、光るものがあふれてきた。

水上さんや、旭山くんの前で、我慢していたのがなんだったのかわからないぐらいに、亜紀ちゃんはそのまま、長い時間、ずっと声を上げて……泣いてくれた。


そのあと。

亜紀ちゃんと手をつないで、トキノサクラの真下まで歩いてみた。

透きとおった花びらにさわれるのか、気になってもう片方の手をのばしてみたけど。

春風に舞う花びらは、空中を自由に遊んでいるようで、ちっともつかまえられない。

「……ここ、下から、空が見えるね」

「うん」わたしは、亜紀ちゃんの言葉にうなずいた。見上げると、桜全体が透きとおっているせいで、ゆっくり動く雲が向こう側に見える。

不思議だけれど、とてもきれいな、うすいピンクの空だった。

「亜紀ちゃんも、ひいおじいさんみたいに……ここ、スケッチしてみたい？」

「そうだね」亜紀ちゃんはいったんうなずいてから、しばらくして、首を横に振った。

「……いや、やっぱ無理」

「えっ、どうして？」

「だって、あたしまだまだ、絵が下手だもん。今のあたしの腕で描くには、トキノサクラはもったいなさすぎるよ。いつか……」亜紀ちゃんは、光がまぶしいせいか、ちょっとだけ目を細めた。「将来、いっぱい作品を制作して、もっと深いイメージ通りの絵を描けるようになれたら……人生で今が一番だって思えるような、あたしの画家としてのピークの時が来れば、やっと描けるかもしれない。それぐらい、トキノサクラは特別な樹だよ。あたしにとって」亜紀ちゃんは、わたしを見て、ほほえんでくれた。「だって、本当に、凜久に逢わせてくれたんだもん。夢が叶っちゃった」

「うん。画家になりたいって夢と、どちらが大切かなんて選べないくらいのね」

亜紀ちゃんの手に、ぎゅっと力がこもった。わたしは、思わず、また泣きそうになってしまう。

胸がいっぱいで、「ありがとう」という言葉をつぶやくのが、やっと。

でも、肝心なのは、これからなんだ。

もうひとつの、なによりも大事な夢を、絶対に叶えてほしいから。

「亜紀ちゃん」

わたしは、ありったけの勇気を出して、大切なお友だちと目を合わせる。

どうしても言えなかったけど、今こそ伝えなければならない。

あなたが死んでしまうかもしれないこと。

「わたしね、亜紀ちゃんのドッペルゲンガーを見たんだよ！」

「……え？」

亜紀ちゃんは、きょとんとした。

「ドッペルゲンガーって、聞いたことあるけど、なんだっけ？　んー、イメージ的に、フランケンシュタインの仲間っぽい感じ？」

「ぜんぜんちがうよー」そういえば亜紀ちゃんは、小説とかはあんまり読まない人だったっけ。「もうひとりの自分を見ると、その人は近いうちに死んじゃうって、そういう伝説があるの。わたし、亜紀ちゃんにそっくりの幽霊を見ちゃったんだよ。ほら、有明堂のおばさんだって同じこと言ってたの、思い出してよ」

「……あー、そうだったね」

亜紀ちゃんは、なんだかのんきな答え方をした。ぜんぜんわかってない。思わずわたしは、つないだ手を離して、亜紀ちゃんの肩のあたりをポカポカとたたいちゃった。

「亜紀ちゃん、死んじゃうかもしれないんだよ！　死んだら絵描きさんにだってなれないんだよ。だから、わたし……」

一人で焦っているわたしと正反対に、亜紀ちゃんは落ち着いていた。

「ありがとう。凜久があたしのことをそんなに心配してくれて、嬉しい。でもね、その幽霊って、別にそういう怖い存在じゃないと思うよ」

「なんで？　だって、本当に亜紀ちゃんにそっくりだったのに……」

「あたしもいろいろ考えてたの。最初は絶対に見間違いだって思ったし、そう言っちゃったけど……もしかしたら、あのおばちゃんも、霊感があるんじゃなくて、自分でも知らないうちに誰かとの『縁』を持っているのかもね。

答えが見つかったのは、ついさっきだよ。おじちゃんが、幸さんって名前を出してくれたから、なるほど、そうだったんだって。こないだ、あたしの家にも来てたかもしれないんだ」

「……？　えーと、幸さんって、誰だったっけ。わたし、思い出せなくて……」

亜紀ちゃんが、ふふ、と笑った。

「あたしのひいおばあちゃんだよ！」と亜紀ちゃんは言った。「昔、おじちゃんが教えてくれたの。あたしって、ひいおばあちゃんの若い頃にめちゃくちゃそっくりなんだって」

そして、わたしのことを、もう一度、力いっぱい抱きしめてくれたんだ。

「あたし、死なないよ！　人生最高の絵を完成させるまで、絶対に。約束するよ、凛久！　いつか……あなたに見てほしいから！」

——そんなわたしたちに、どっしりとそびえ立った伝説の桜から……透きとおった花びらが、いつまでも舞い降りて来る。

まるで、天から降って来る祝福のように。

すべてに手をさしのべて、許してくれるかのように。

周囲の森も、草の地面も、いっぱいの光を受けて輝いている。いつか、亜紀ちゃんの筆は、この風景を絵の具に乗せて、ずっと未来に残してくれるのだろう。
春。やわらかな春。それは、あたらしいスタートの季節なのだと思い出す。
亜紀ちゃんにとってだけじゃない。……わたしにとっても。
大好きなお友だちの腕の中で、今、胸に決めたことがあった。
それは——

第四話　トキノサクラは消えない

トキノサクラの言い伝えは、ずっと、あたしには関係のないものだと思っていた。
時を超えて、生と死を超えてまで、逢いたい人が……あたしに、いる？
そんな問いを自らに投げかけても、胸のうちに響く感情はなにもない。
それほどに激しい想いを他者に抱かねばならない理由が、分からない。
苦しまなくていいのに、その方が楽な筈なのに。
心のどこかで、こんな風に疑問を抱く自分がいる。
……あたしは、不幸な人間なのだろうか、と。

「……ふぅ」

遠くに海を望める、プラットフォームに降り立った。もう春だけど、曇天模様であるせいか肌寒い。カーディガンぐらい持ってくればよかった。

小さな駅舎を出ると、今日の天気と同じような、灰色の町並みが続いている。昼間なのに開店してもいない商店、色褪《いろあ》せてしまった町内地図の看板……かろうじて稼働しているのは、年季の入った自動販売機ぐらいかな。周辺は静かなので、あたしがアスファルトの路面にキャリーバッグを引きずる音が、無駄に響き渡る。

「かなり、田舎ですねー」

周りに誰もいないから、つい、本音を独りごちてしまった。一泊するだけの予定だけど、いささか不便な場所ではないだろうか。

まあ、それも仕方ないことだ。なぜならば、

理由その一。なにしろ国の経済が低迷しまくってるんだもの、地方の小規模な市町村が寂れてしまうことなんて、珍しくもなんともない。

理由その二。特にこの町の場合、唯一の観光名所だった自然公園が、今ではもう、名所と呼べる状態ではなくなってしまったのだから。かつて祖母が、先祖代々ずっと暮らしてきたこの地を離れることにしたのは、無理もないと思う。住みたいと思えるような場所ではない。

千里町。かつて、画家——衣笠亜紀が、子供時代を過ごした町。以前、彼女の個展で略歴を読んだ時、東京の美術大学に進学したと書いてあった覚えがある。ならば、ここに住んでいたのは高校生までか。当時は、これほど貧しい町ではなかっただろうが。

色褪せた地図を見上げて、今一度、千里自然公園の場所を確かめる。

名勝と呼ばれていた頃の風景を、写真で見たことがあるけど、当時とは大違い。これほど離れた場所から見ても、明らかに分かる。

今はまさに桜のシーズンだというのに、山々には、花の色はぽつりぽつりとしか残されていなかった。

……衣笠亜紀。

昨年、九十二でこの世を去った画家だ。老齢にも拘《かか》わらず、晩年まで意欲的に作品を制作し続けていたと聞く。

亡くなった今も、ファンから多くの手紙やメールが届いているらしい。昔、海外で個展を開いたこともあったためか、中には英語で書かれたものもあるそうだ。

若い頃の作品は風景画ばかりだけど、人生の折り返し地点あたりから抽象画に取り組みはじめて、数えきれないほどの作品を遺した。

好きか嫌いかはさておき、才能に溢《あふ》れる人物だったことは確かだ。

重厚なもの、透明感のあるものなどさまざまだが、幾何学模様を複雑に組み合わせたような絵画が多い。芸術にあまり関心のないあたしでさえ、彼女の作品を見つめていると、心の奥にうごめく言い知れない感覚をおぼえた。不安や、せつなさや、かすかな高揚が絡み合ったような心の軋《きし》み。

衣笠亜紀曰《いわ》く、それらの作品群は、ある瞬間の感情を限りなく視覚化することに挑戦したかった、とか（本人は制作意図として、もっと難解で高尚っぽいことを述べていたけど、大体そういう意味だと思う）。感情を表に出すのが少し苦手だったらしいので、反動として感情こそを描きたかったのでは、と彼女をよく知る人々の間では言われていた。

あたしと、衣笠亜紀との血の繋がりは、実はあたし自身もよく把握していない。彼女自身は、全力で創作活動に打ち込んでいたせいか、生涯独身で子供を産んでいないのだ。祖母の叔母だったか、曾祖母の従姉妹《いとこ》なのか……何遍聞いても忘れてしまうのは、結局、あたしが深く関心を持っていないせいだろう。

なので、彼女のことをどう呼んでいいのか、いまだに分からない。おばあさんでも、ひいおばあさんでもない。結局、画家として知られている彼女のフルネームを呼ぶのが、一番適切であるような気がする。

……感情の出し方が分からないというところは、衣笠亜紀に対してあたしが親近感をおぼえる数少ないポイントだった。多分、あたしほどではなかっただろうとは思うけど……。

それでも、ちょっと不公平だという気がする。あたしは、絵心のように、言葉の代わりになにかを表現できる才能なんて、持ち合わせていないから。

身内で有名人とはいえ、正直あたしにとっては、それほど肩入れできる人物ではない。こうして彼女の出生地を訪れることになるなんて、ほんの少し前までは思ってもみなかった。


予約をとっていた、町で一軒きりのビジネスホテルにチェックインして。暗くて小さい無機質な部屋に、キャリーバッグを残して。

すぐに駅前に戻ってタクシーに乗り、千里自然公園に向かう。財布の中身にさほど余裕はないので、本当はバスを利用したかったけど、本数が少なすぎた。土曜日だから、なおさらである。次の便まで一時間以上もあるため、待っていたら、先方との約束の時間に遅れてしまう。

今の千里町に観光客なんて来ないだろうから、交通の便が悲惨な状況なのも、仕方ないけど。

本当に、なにもかもが灰色の町だった。タクシーの窓から眺めても、目的地に着いても。公園前の商店街では、下りているシャッターばかりが目についた。まばらな通行人たちさえ、心なしか俯《うつむ》きがちに見える。

できれば気分転換の旅にしたかったのに、気持ちが前向きになれそうにはないな、と苦笑いした。この町の風景は、まるで、あたしの心みたい。

だけど、肝心の千里自然公園に入ってみると。

「あれ、思ったより……きれいですね」

もっと荒れ果てた状態を想像していたのに、公園内はきちんと手入れされている様子だ。ベンチは明るい色のペンキで塗られているし、花壇も整えられている。咲いている桜は僅かだが、散策している人々を何組か見かけた。

陰鬱な町の中より、まだしも公園の中の方が活気がある。昔、「お花見」がおこなわれていた時のにぎやかさには、ほど遠いだろうけれど。

それにしても、予想していた以上に広い公園だ。まあ、公園という名がついていても、結局は自然の山なので当たり前か。

肩に下げていたトートバッグから、母に記憶を頼りにして描いてもらった地図を取り出した。先方との約束の場所、公園の管理事務局を探さなければならない。

二十代まで千里町に住んでいたという母の記憶は、しっかりと正しかった。

でも、目的地の古びた建物には、無事に辿り着けたけれど……色褪せた青いドアをノックしても、反応が返って来なかった。ノブを回すと鍵はかかっていなかったので、細くドアを開けて中を覗《のぞ》いてみたが、人の気配は感じない。

携帯電話で時刻を確かめると、約束していた午後二時まで、あと三十分もある。時計を見ていなかったあたしが悪かった。タクシーを使ったせいで、逆に早く着きすぎてしまったみたい。

それなら。せっかくだから……行ってみようかな。

母が描いてくれた地図をふたたび眺める。管理事務局のほかにもう二か所、×印で示されている場所があった。まるで、山奥に埋められた宝の地図のように。

そのうちの一か所は、ここから徒歩ですぐの場所だ。


あたしは、きわめて現実的な思考をする人間だと、周囲からは思われがちだ。

でも、昔からの不思議な言い伝えを一切信じないというほど、頭は固くないつもり。

なにしろトキノサクラの話は小さい頃から、両親ばかりでなく、親戚が集まるたびに繰り返し聞かされていたし。

とは言え、衣笠亜紀以外に、実際にトキノサクラを見たという人物には出会ったことがない。その衣笠亜紀本人とも、彼女がずっと作品制作にばかり打ち込んでいたこと、住んでいる場所が離れていたことから、実際に顔を合わせる機会はほとんどなかった。直接トキノサクラにまつわる思い出を聞いたのは、たった一回だけ。

あたし自身が大人になるにつれ、徐々に言い伝えの真偽を疑う気持ちも湧いて来たけど、さりとて「半透明の桜なんかあるわけない」と全否定する気にまではなれなかった。幽霊とか生まれ変わりとか、科学では証明されていない事象を、なんとなく身体のどこかで信じているのと同じような感覚で。

だけど、ね。……どうしてもトキノサクラを見に行きたいとは、別に思っていなかった。

もしも言い伝えが本当でなければ、もちろん、そんな桜は実在しない筈。

だけど言い伝えが本当であっても、あたしには、そんな桜は見えない筈。

あたしには『縁』で結ばれるような相手がいないし、『縁』を持たない人間には、トキノサクラは目に見えないらしいし。

本当でも、本当ではなくても、どちらにしてもあたしには見ることのできない桜を、見に行く意味が果たしてあるだろうか。

……結論、意味はない、と言わざるを得ない。

トキノサクラの言い伝えって、ちょっとズルいんじゃないだろうか。誰かとの『縁』を持つ人間にしか見えない、伝説の桜の存在を否定することは、結局、『縁』を持たない人間には不可能なんだもの。霊感のない人間に、幽霊の存在を絶対には否定できないのと同じで、「ない」ということを証明するのは難しい。

そんな風に考えていたあたしが、母に教えられたトキノサクラの場所を見に行ったのは、本当に、時間を潰す方法がほかになかったからだった。せめて退屈しのぎに読む本の一冊でも持って来ればよかったけれど。

昔は桜の花がどこまでも連なっていただろう、殺風景な山道を通り抜ける。距離的に近いとはいえ、地図が丁寧に描かれていなければ、絶対に迷っていたと思う。山歩きを覚悟していたので、ジーンズに、持っている中で一番歩きやすいシューズというラフな格好で来てよかった。もう寒さも感じない。額に汗は浮かんだけれど、足取りは軽かった。普段暮らしている場所はここより都会なので、どんどん肺に入ってくる新鮮な空気が、たまらなくおいしい。

「晴れたんでしょうか？」

思わず、そう独りごちた。さっきまで曇天模様だったのに、いつの間にか、周囲には明るく陽が満たされている。

色をうしなっていた樹々の肌が、ほんのりと光の輪郭を帯びている。花どころか葉もついていない枝に、黄金の輝きが滑り落ちていく。まるで、山に命が戻ってきたみたい。

なのに空を見上げても、見慣れた青さは目に映らない。されど曇り空でもない。どこもかしこも眩しくて、全体的に白っぽく見える。

（………？）

どことなく雰囲気が変だ。きれいだけど、現実味がない。本当にさっきの管理事務局と地続きの場所にいるのか、自信がなくなってきた。

子供の頃、ここに何度か来たことがあるという母からも、こんな話は聞いていない。うっすらと恐怖心がにじんできて、思わず回れ右をしたくなる。でも、せっかく歩いて来たのだからと思い直し、あらためて前方に目をやって。

（……………！）

あたしは、そのまま動けなくなった。

目の錯覚ではないかと我に返り、思わず、何度もしつこく目をこする。だけど、見えてしまったものは、やっぱりそこに存在し続けていた。

樹々が途切れて、突然ひらけた視界。

先ほどまでの光景の暗さが悪夢だったように思えるほど、やわらかく彩色された春の山で。

丘の中央にどっしりと立っている、満開の桜の巨木。……惜しげもなく舞い散る花びら。まるで、この奇跡の場所を探し当てた者を迎え入れるかのように。

お花見なんかしたことがないのに、無性に懐かしい。陽光に透ける花びらは眩しくて、優しげで。――なぜか胸の奥が、引き絞られるように切なくなる。

ほかの山桜とは、格が違う。日本人がかつて、どんな花よりも桜を愛していたらしいことが、今、はじめて腑《ふ》に落ちたような気がした。

これが、トキノサクラ……？

でも、この桜を半透明とは表現できない。

桜の巨木は、ほとんど消えかけていた。さながら、過去からやってきた亡霊のように。あるいは、消滅しかかっているホログラムのように。

背景の山々がそのまま透けて見えているため、目の焦点をぼかすと、透き通った桜はよく視認できなくなる。奇妙に合成された映像を見せられているみたい。

「幻……ですか？」

目をすがめたり、見開いたり……という動作を馬鹿みたいに繰り返しながら、あたしは少しずつ、その不可解な巨木へと歩み寄って行った。

幹に近づいて、おそるおそる、手を伸ばす。

指先には、なにも触れない。抵抗なく、透けた幹の内側へと手のひらが潜り込む。

大地からのエネルギーが力強く脈打つ音が伝わってきた気がして、あたしは思わず後ずさりをした。

そのまま上空を仰ぐと、白く眩《まばゆ》い空の中に、満開の桜はほとんど溶けていってしまいそうに見えた。

「……どうして、あたしに見えるんでしょう？」

ようやく疑問が、現実の側へとにじみ出てくる。言い伝えが本当だったとしても、あたしにトキノサクラが見える筈がないのに。

誰のことも深く愛することができない、あたしなんかに。

——と、

不意に、背後から声が聞こえた。

「……幸さん……？」

「はいっ？」

いきなり下の名前を呼ばれたような気がして、驚いたあまり、ひっくり返ったような声が出てしまった。……家族以外に下の名前で呼ばれたこと、ほとんどないし。

振り向くといつの間にか、樹々の途切れたあたりに、見知らぬおじいさんが立っていた。なんだか唖然《あぜん》としているみたい。その視線は、不思議な透き通った桜ではなく、あたしの顔をまっすぐに捉えている。

相当年老いているのに、足取りはしっかりしているようだ。長い白髪《はくはつ》は束ねられて、風にそよいでいる。同じ色の髭《ひげ》も少し伸びていた。幻想的な、透き通った桜吹雪の中にいるせいか、一瞬、仙人のような姿に見えた。

でも、茶色いセーターの上に、黒いジャージの上着を羽織っているのが似合わない。さすがに年不相応というか。

そんなおじいさんが、目を見ひらいて、あたしに問う。

「……まさか、そんな……あなたは本当に、幸さんなのか？」

「えっと……」さっきまで現実感をうしなっていたあたしは、あわてて頭を整理する。

「どなたかと、お間違えじゃないでしょうか。……あたしは、湯村沙樹《ゆむらさき》って言います」

少しだけ、空白の時間が流れて。

「…………あぁ」驚いていたおじいさんは、静かに肩を下ろした。そして、破顔して、頭をぽりぽりと掻いた。

「ごめんごめん。つい、昔の知人と間違えてしまったよ。長い髪も、小柄な背丈も、面立ちまで、あまりによく似ているから……。

今日事務局に来られる予定だった湯村さんだよね？」

話し方は若々しく、フランクだ。そのくせ声はしわがれているから、妙な違和感を拭えない。……この特徴のある話し方は、前にも聞いたことがあった。

「公園の管理人の、熊谷さんですか？」

「うん」人懐っこく、くしゃっと笑って、その人……熊谷さんは頷いた。

先日、電話で話した感じでは、ここまでお年を召した方だとは想像できなかった。

その電話口で、今日の待ち合わせ時間も決めたんだっけ。……いけない、トキノサクラの存在に動揺して、本来の目的を忘れてしまっていた。

「すみません、先ほど、一度事務局には伺ったんですが、」

「ああ、いや、こっちも留守にしていて悪かった。公園に来ていたお客さんに、桜がまだ残っている場所を案内して回っていたんだよ。

約束の時間ギリギリに事務局に戻ったけど、誰の姿も見えないから……もしかして、真っ先にトキノサクラを訪ねたのかと思って、ここへ来たんだ」

熊谷さんは、目を細めた。

「そこに立っているということは……君にも、その桜が見えているんだね。俺も久しぶりだよ、『縁』を持っている人と出会うのは」

いや、そんなことはない筈です。

あたしには、大切な人なんて、誰もいないんです！

心の中では、全力で否定する。……でも、なにも言葉にはできなかった。まさか、初対面の人に言えるようなことではない。


自分でも思っている。あたしは、心の冷めた人間ではないかと。

普段は、平凡な社会人として振る舞っているつもりだ。大学を出てから、ささやかな会社の事務職に就いている。

特に趣味はない。強いて言うなら読書だが、読書家だとは自負できない。結局、いつも暇潰しのために読むだけで、本そのものが好きなわけではなかった。……人ばかりではなく、なにごとにも深い関心が持てないのだ。

家族関係は良くも悪くもない。両親と、現在短大生の四つ離れた妹がいる。会話するのは表面的な話題だけで、悩みを相談するようなことはまずなかった。

一応、休日に一緒に映画を観たり、食事をしたりする友人ならいる。でも、本当に仲がいいと言えるのかは分からない。適当に会話をして、適当に笑みを浮かべて、あとは家に帰るだけ。疲れることはないけど、満たされることもない。

その友人に対しても敬語で話すので、よそよそしいと非難されることがある。でも、冷たくしているつもりもない。家族以外には誰相手でも、いや、周囲に誰もいない時の独り言ですら、敬語になってしまうぐらいだから。

……きっと、あたしが、周囲に対して後ろめたい思いをしてきたせいだ。

あたしには、多分、恋愛感情がない。

今まで、恋人がいたことはなかった。誰も好きにはならなかったし、好きだと言ってくれた人の気持ちにも、どうしても応えられなかった。

学生の時には、恋の話で盛り上がるクラスメートの中で、ずっと違和感をおぼえていた。好みの異性のタイプとか、好きな芸能人を尋ねられるたびに困っていた。大人になってからは、誰かから将来の結婚や育児の話題を持ち出されるたび、適当な笑顔を貼りつけてやり過ごさなければならなかった。

こんな自分自身を、ずっと隠してきた。……誰からも、距離を置いていた。人と少しでも深くつき合うと、どうしても関心を持てないことに、関心がある振りをしなければならなくなったから。変な奴だと思われたくなかったというより、愛情のない人間だと思われることが怖かった。

映画を観ても、小説や漫画を読んでも、まるで、みんなの興味は恋愛にしかないように思える。なぜ、みんながそうしたことばかりを考えているのか、分からない。

でも、きっと生まれながらにおかしいのは、あたしの方なのだろうと思っていた。

恋愛感情がないと言えば、他人からは、お前は生きていてなにが幸せなんだといぶかられてしまいそうだ。実際、あたしが生きていて幸せなことなんか、なにもないのかもしれない。

そんな風に考えてしまう苦痛は、あたしの人格を少々屈折させるには充分で。

こうしたあたしにとって、うちの家系に伝わるトキノサクラの話は――信じる、信じないの問題を置いても、あまりピンと来なかった。トキノサクラの結ぶ絆は、恋愛に限らないことは知っているけれど……家族や友人に対しても、あたしは深い愛情を感じられないのだから。

むしろ、恵まれていることなのだ。無理やり、そう考えようとしていた時期もある。時間を超えて、生と死を超えてまでして、誰かに逢いたいと思うほど、苦しむ必要がないのだから。苦しまなくていいのなら、それに越したことはないじゃない、と。

なのに。

それでいいのだと割り切った振りをしながら、心の底に、自分に欠落したものを渇望している、もう一人のあたしがいることも知っていた。

まるで、あたしの人生は空洞のようなものだ。

たとえ、どんなに深い苦しみに身を焦がさなければならないとしても、それほどまでに深く愛せる誰かがいるということは、もしかしたら、幸せなことではないのだろうか。

その炎の激しい熱を知ることができないのは、もしかしたら……不幸なことではないだろうか。

あたしは、だから今回、ここに来てしまったのかもしれない。

自分に欠けている、ジグソーパズルのピースを探すように。

もう一枚のトキノサクラの絵を、見るために——

透き通った桜の巨木を、いつまでも見上げていたい気もした。トキノサクラが見える理由は分からないけど——こんなにうつくしい花が見られるのなら、理由なんてどうでもいい、と思うぐらいには。こんなに心が渇いたあたしでも。こんなに心が渇いたあたしだからこそ。

だけど、用件を果たせなければ、千里町まで訪ねてきた意味がない。滞在できる時間は限られている。あたしは、熊谷さんに、管理事務局に戻ることを申し出た。

その道のりで、ふと思い至る。トキノサクラが実在したのなら、この方は、本当に……。かくしゃくと前を歩いて行く熊谷さんに質問をしてみた。

「あの……熊谷さんって、この公園の管理人というだけではなくて、トキノサクラの守り人でもあるんですよね？」

「うん、そうだよ」白髪のおじいさんは振り向き、気負わない表情で頷いた。「でも、もともとは、君のご先祖様がその役割を担っていたのは知ってるんだろう？」

あっさり言われると、今までトキノサクラの実在を疑う気持ちもあったことが、少し申し訳なく思えてくる。

誤魔化すように、あたしは別のことを尋ねた。

「あたしって、衣笠亜紀によく似てるみたいなんですが……あの方の若い頃のことも、ご存知ですか？」

直系の子孫というわけでもないのに、衣笠亜紀の若い頃の写真は、あたしとそっくりなのだ。彼女の絵のファンからも、それを幾度か指摘されたことがある。

お年寄りの年齢はよく分からないけれど、目の前にいるおじいさんは、九十二で亡くなった衣笠亜紀と同世代かもしれない。しかも彼女が高校生までこの町にいたのなら、知り合いだった可能性は充分にありそう。なにしろ二人には、トキノサクラという繋がりがあるのだから。

「あぁ、確かに君は、亜紀ちゃんにもよく似ているね」熊谷さんは今気づいたようにまばたきをする。そして、「亜紀ちゃんに似てるってことは、そりゃ幸さんにも似てるよなぁ」と、独り言のようにつけ加える。

亜紀ちゃん、と呼んでいるところから見ると、二人は親しかったようだ。友人だったのかもしれない。でも、さっきも名前を聞いたけれど、幸さんって誰だろう？　あたしの顔を見て、衣笠亜紀よりも先に思い出したというなら、このおじいさんにとっては、より絆の深い女性だと思われるけれど。

……ふと思い出す。千里自然公園に桜を植えた女性の名前は、琴平幸、ではなかったっけ？　漢字が違うから意識していなかったけれど、確かに、あたしの下の名前と読みが同じだ。

だけど、その考えをすぐに打ち消した。確か琴平幸は、衣笠亜紀よりも二代か三代前の先祖だった筈。その人物は、日本に戦争のあった時代に生まれているのではなかったろうか。いくらなんでも、このおじいさんも、そこまで古い時代は知らないだろう。二十一世紀も終わりに近づいているというのに。

考えてみたら、不思議だった。もともと、あたしの先祖がトキノサクラの守り人を代々続けていたというなら、なぜ、うちの親戚でもない熊谷さんが、その役割を受け継いでいるのだろう。しかも、こんなに高齢になるまで。

「狭苦しいところだけど、ごめんね」

声をかけられて、思考を打ち切られた。あたしと白髪の老人は、公園の管理事務局に戻っていた。


事務用の机がいくつか設《しつら》えられてあるが、あまり仕事場らしくは見えない。室内に入ってみたら、書類やノートや生活雑貨で、見る影もなく散らかっていたので。公園の清掃はきちんとされているのと大違いである。

職場、というよりも男の一人暮らしのアパート、というイメージだ。そんな部屋、実際に見たことはないけど。

「汚いだろう。俺、昔からこの事務局に住んでるようなものなんだけど、さすがに年食っちゃったせいで、片づけるのが億劫になってきて。ここの職員は俺一人だけだし」

あたしの表情を見て、考えたことを察したのか、熊谷さんは照れた少年のように笑った。こんなにおじいさんなのに、たった一人で働いているなんて。この公園は多分千里町の管轄なんだろうけど……地方自治体の人手不足は、やはり深刻だ。

「お一人ということは、公園の清掃も、全部熊谷さんがされてるんですか？」

「いやいや、俺だけじゃもう無理だよ。ボランティアの人に来てもらってる」

「……なるほど」他人事ながら、あたしは少しほっとした。

「さて、」熊谷さんは、重ねられた書類の下から湯呑《ゆのみ》や急須を次々に取り出し、慣れた手つきでお茶を淹《い》れてくれながら、本題に入った。

「湯村さんは、琴平昇さんの絵を確認しに来てくれたんだよね。遠路はるばる来てもらって、申し訳なかった」

「……いえ。こちらこそ、お時間を取っていただきまして」

すすめられるままに、事務局の隅に置かれた大きいソファに座った。全体的に古びたものばかりの建物だけど、その薄緑色をしたソファは例外で、意外なぐらい座り心地がよかった。

熊谷さん自身は、事務机からキャスターのついた椅子を引き寄せ、腰を下ろす。

「あたしたちは、トキノサクラの絵がもう一枚あるとは知らなかったんです」

——熊谷さんは、先月になって、突然うちの親戚へと連絡してきた。

琴平昇さん……というのは、この公園に桜を植えた琴平幸さんの夫で、戦死した方だそうだ。

自分の先祖に戦死した人物がいるということには、不思議な気分がした。

もちろん、日本にも昔戦争があったことは学生時代に歴史として習っているし、授業の一環で、過去の戦争体験者が当時のことを語っている映像を見せられたこともあった。でも、あたしにはどうしても実感が湧かなかった。

戦争というのは、あまりにも遠い出来事にしか思えない。無名の人間が一人殺されただけで事件として全国に報道されるのに、国単位で人が殺し合うなんて、想像がつかない。

……その昇さんが遺したトキノサクラの絵を、千里町の公民館で展示して、できるだけ多くの人に観てほしい、というのが熊谷さんの願いだった。だから、子孫であるうちの親族に、昇さんの絵を公開する許可を求めてきた。どうやらその絵は、衣笠亜紀が熊谷さんに寄贈していたものらしい。

公開を断る理由はなかった。そもそも、絵の持ち主は熊谷さんだし。

その代わり、親族の中の誰かが、一度熊谷さんにお会いして実際の絵を観せてもらおう、という話の流れになった。

が、現在、千里町やその周辺に住んでいる血縁者は一人もおらず、誰が現地まで行くかが問題になった。

画家だった衣笠亜紀の作品には、当然それ相応の価値があるが、琴平昇さんは、あくまで趣味の範囲で絵を描いていた人物だ。わざわざ高い交通費を払い、休日を潰してまで観に行くほどの絵だろうかと、みんな内心では考えていたのかもしれない。新幹線とか飛行機に乗るのは、貧しい庶民にとってハードルが高いし。

その役に、いつも周囲に無関心なあたしが立候補したことに、家族は驚いたようだ。……あたし自身も、自分の心が動いたことが意外だったけど。

「って言うか」熊谷さんが口を挟んでくる。「電話でも聞いたけど……君たちがもと知っているトキノサクラの絵っていうのは、亜紀ちゃんの作品なんだよね？」

「そうです」と、あたしは肯《うけが》った。

人生の中盤以降、抽象画ばかりを描いていた衣笠亜紀が、晩年近くになって、なぜかたった一枚だけ発表した具象画。それが、トキノサクラの絵だった。

もちろん、トキノサクラの存在は、世の中には知られていないけれど……半透明の花びらを舞わせる幻想的な桜の絵は、人々を感動させるには充分だった。ファンや評論家の間でも、非常に高い評価を受けている作品だ。

「俺、そっちの絵の方をまだ観てないんだよね。この公園からなかなか離れられなくてさ。亜紀ちゃんの展覧会行きたかったのに、残念ながら、結局観に行けなかったんだよなあ」

熊谷さんは、ちょっと寂しそうに笑った。ずっと一人で公園を管理してきたなら、休暇を取りづらかったのかもしれない。

衣笠亜紀の描いたトキノサクラの絵なら、画像はインターネットでも見られる。なのに、彼はそのための機器をまったく扱えないそうだ。

インターネットが、いつの時代から普及しはじめたのかは知らない。が、この国の経済がすっかり低迷するようになってから、国内の科学技術はさほど進歩していないと聞く。熊谷さんが生まれた頃も、今の時代も、状況は大差ないと思う。

それなのに、インターネットを利用したことがないとは珍しい人だ。よほど機械音痴なのだろうか。

「画像でも良かったら、お見せできますけど……あっ！」

あたしは、思わず声を上げた。画像データをタブレットに入れていたけれど、肝心のタブレットを、うっかりキャリーバッグにしまいっぱなしにしていた。

「……ホテルに忘れてきちゃいました、ごめんなさい。明日持ってきます」

「ありがとう、楽しみにしてるよ」

にこっ、とおじいさんが笑ってくれて、あたしは少しほっとした。

「じゃあ、先に昇さんの絵を観てもらおう。別の部屋にあるよ」

事務局の奥の、立て付けの悪い引き戸を熊谷さんがひらき、案内されて足を踏み入れる。事務室以上に雑然としていて、もはや物置にしか見えない場所だったが。

真正面の壁に飾られていた絵に、目が引きつけられた。

「……きれい、ですね」

正直、あたし自身も絵には期待していなかったけれど……予想を超えた作品だった。衣笠亜紀の絵のタッチとは違い、日本画らしい洗練された趣がある。屏風《びょうぶ》に同じ絵が描かれていたら、しっくり合いそう。

「立派な絵だろう？」ちょっとだけ自慢げに、おじいさんは頷いた。

「せっかく展示するなら、衣笠亜紀の絵と並べたいですよね」

「いいね。亜紀ちゃんの絵も一緒に飾ったら、お客さんが倍増するよ」

熊谷さんとそんな応酬をしながら、あらためて疑問を抱く。

この絵と比べても、衣笠亜紀が描いたトキノサクラと比べても、さっきあたしの見た光景は……。

「トキノサクラって、昔は、こんなにはっきり見えていたんですか？　この絵に描かれている姿だって半透明ですけど、今では、ほとんど消えかけているみたいでした」

熊谷さんは、渋面をして頷く。

「数十年前から、だんだん薄くなってしまったんだ。長い歴史の中でも、このような事態ははじめてらしい。以前、トキノサクラを研究していた学者が言ってたよ」

「えっ？　そんな学者がいたんですか？」……違和感をおぼえる。

元々のトキノサクラの守り人の子孫であるあたしですら、トキノサクラの実在を今日の今日まで確かめられなかったのだ。見える人にしか見えない桜が、科学的に立証されるとは思えないし、研究対象になるとは考え難い。論文にしたところで、誰にも信じてもらえなさそうだが。

「その学者も、トキノサクラの研究は世には出さなかったよ。でも、その人は、俺や幸さんも知らなかった過去のトキノサクラにまつわる伝承を生涯調べ続けて、俺に惜しみなく教えてくれたのさ」

「……一体どんな方だったんですか、その学者って」世の中に対して発表できないのなら、学者としては、あまり研究する意味がなさそうだけど。

「彼も二、三年ほど前に亡くなったけどね。亜紀ちゃんと、深い『縁』があった人さ。トキノサクラで繫がれた『縁』とは、また違うけど」熊谷さんは、ふっと遠くを見た。

「……まぁ、君たちの家系には、彼のことは知られていないだろうね」

それ以上は熊谷さんも語らなかったし、あたしも、深く尋ねる気になれなかった。

要するに、衣笠亜紀にもそういう相手がいた、ということだろう。

あたしとは違って。

疎外感が身体の芯まで沁み込んでくる前に、話題を変えることにする。

「今もお名前が出てきましたけど、幸さんって、どんな方なんですか？」

さっきから、ずっと質問したかった。自分にそっくりの人物と言われたら、どんなに遠い他人であっても気になるではないか。

「あれ、君は知らないのかな？」熊谷さんは穏やかに、表情に疑問符を浮かべた。

「この公園に、桜を植えた女性なのに。……昇さんの奥さんなんだけど。俺より十ぐらい年上で、昔、とてもお世話になったんだ」

「えっ、だって時代が」あたしは混乱した。目の前のおじいさんが、琴平幸と知り合いなんて……それは計算が合わないと、さっき結論を出したばかりだ。

「あー、そっか。ごめんごめん」

無邪気とも形容できそうな顔で、熊谷さんはぽんと手を打った。

「俺さ、もともと年齢不詳だったし、戸籍ではとっくに死亡扱いになってるし、自分の年齢なんか数えてもいないんだけど……もう、百六十歳以上にはなるのかな？」

……あたしは、きわめて現実的な思考をする人間だと周囲からは思われがちだ。

実際、その通りなのかもしれない。

自分のアイデンティティに修正を加えるべきかと、ぼんやりとした頭で考える。

気づいたら、枯れた木の枝と曇天模様の空の下、フラフラした足取りで歩んでいた。

熊谷さんがとんでもないことを言い出した直後、あたしは頭が真っ白になり、あろうことか……思わず管理事務局を飛び出し、一目散に逃げてしまっていた。

なぜそんな行動をとったのか、自分でもよく分からないが、多分、目の前の非現実的な状況を受け容れられなかったのだろう。

トキノサクラについては、小さい頃から身近な大人たちに教えられていたので、存在を認めることができたものの——基本的には、あたし、常識を超えた出来事に対して耐性がなかったらしい。

熊谷さんは、冗談を言っているようには見えなかった。だとすると、それまでごく普通に会話していたおじいさんが、正常な精神状態を保っていなかったということか。いや、熊谷さんが正常ではない、ということも考えにくい。

人間の寿命を抜きにして考えれば、計算が大体合っている。今年の夏に、我が国は百五十年目の終戦記念日を迎えると、最近テレビで聞いた。それに、琴平幸の生きた時代を考え合わせたら……。

混乱してきて、思わず頭をぶんぶんと振った。あたしの思考能力で処理できる範囲内に、答えはなさそうだ。

このままホテルの部屋に帰ってもかまわないとは思えないが、熊谷さんの許に戻るのはとても気まずい。戻ったとしても、正常かどうか分からない相手と、きちんと会話が成立できるか不安だし。

これからどうするべきか、頭がまとまらないまま、千里自然公園を出てしまう。

……喉が渇いたな。

ぼんやりと、そう思った。そういえば、熊谷さんが出してくれたお茶には、結局口をつけていなかった。

この先にあるのは、シャッターばかりの商店街だが、喫茶店の一軒ぐらいは営業していないだろうか。いくらなんでも、自動販売機の一台ぐらいはあるだろう。なにか飲んで、気持ちを落ち着けて、……それから考えよう。

だが、千里町の過疎っぷりは、あたしの予想以上に深刻だった。果てしなく続くシャッター通りを歩くと、ほかに誰も通っていないせいもあり、底冷えするような不安すらおぼえた。

たまに開いている店舗があっても、古ぼけた婦人服の店だったり、精肉店だったり。新しい建物を見つけたと思ったら、店ではなくて、地域振興センターと銘打たれた事務所だった。ぜひ、せめてお茶を飲めるぐらいには地域を振興してほしい。

その隣に、小さな書店があった。本屋では喉の渇きは潤せないけれど、あたしは思わず足を止めた。そういえば本が欲しいと思っていたっけ。

普段本を買う時は、インターネットで注文するか、大型書店に立ち寄るかの二択なので、かえってその店舗の小ささが新鮮に思えた。

錆《さび》の浮いた看板には、有明堂という文字がかろうじて読み取れた。……そして。

「なんでしょうか、これ……？」

新刊のポスターや雑誌の広告にまぎれて、窓に貼られていた小さな掲示物に気がつき、あたしは目を瞠《みは》った。

そこには、手書きの丸っこい文字で、こう書かれていた。

――『縁』をお持ちの方、ぜひお立ち寄りください。

この一文だけだ。知らない人には意味が分からないだろうが……千里自然公園から続く商店街に、このような貼り紙があるなら、トキノサクラと無関係とは考えづらい。

しばらく迷ったが、扉を押すことにした。

……建物の中は薄暗かった。店頭には、一昔前のベストセラーがかいつまんで並べられている。奥を見ても、品揃《ぞろ》えは明らかに少なく、本棚に隙間さえ見られた。

「いらっしゃいませ」不意に声が聞こえた。レジに座っていた店員が、今気づいたような顔であたしを見ていた。

三十代あたりだが、三つ編みでまとめた頭に白髪が目立つ。こう思っては申し訳ないが、正直、野暮ったい女性だ。化粧はしていないし、眼鏡の黒いフレームは似合わないほど太いし。緑のエプロンをかけているから一見誤魔化されているけど、服装は見事によれよれのセーター。ほとんど人目を気にしていないのだろう。

彼女の手元にはノートパソコンがあった。客が入って来ても気づかなかったのは、パソコンの画面に夢中だったからかもしれない。

この本屋、大丈夫だろうかとは思ったが、思い切って本題を切り出してみることにした。もしも話が通じなくて、変な顔をされたら、また逃げ出そう……。

「あの、表の貼り紙を見たんですが、『縁』を持っている人に、お立ち寄りくださいって書いてありましたけど」

「あっ、トキノサクラが見える方なんですか？」と、店員はあっさり口にした。「久しぶりです、『縁』を持った方が当店に立ち寄られるのは。まぁ、この店内に誰かがいらっしゃること自体が、久しぶりですけどね〜」そして、面白そうに笑う。本屋として、お客が来ないということなら、決して笑いごとではないと思うが。

「立ち話もアレですから、よかったら奥にある私の部屋で話しませんか？　トキノサクラについて話すと、どうしても長くなりますし」

女性が立ち上がりながら言った。

「はぁ……店番はいいんですか？」

「あははは、大丈夫です。どうせ、誰も来やしませんって」

……駄目だ、この人。まったく仕事に対してやる気がない。

店内の木製のドアから、彼女の自宅に入ることができた。ずぼらな女性に見えたけれど、部屋の掃除は行き届いている様子だ。ただ、廊下や狭い階段に、本が大量に積み上げられているのが謎である。どう見ても、店舗よりも居住スペースの方に本が多いので。

誰か家族がいるらしく、彼女が廊下の奥の襖の方へ声をかけると、年老いた女性の細い声が返って来た。会話の内容までは聞き取れなかったが。

あたしは、別の和室へと通される。その部屋の周囲にも、本が乱雑に積まれていた。床が抜けないか、少し心配になった。

妙ななりゆきになってしまったものだと思う。

相手の申し出を受けるかどうか、内心では迷ったのだ。いきなり知らない人の家にお邪魔するのも気が引けるし……彼女自身、あまり常識がなさそうだし。

でも、この女性店員が、あたしの得ていない情報を持っていそうなのも事実だ。なにしろ、トキノサクラについて知っている地元の人だから。

彼女の申し出を断って本屋を出て行ったとしても、熊谷さんのことはどうしたらいいのか分からないままだ。話を聞けば、なにかヒントが得られるかもしれないという、藁《わら》にもすがるような気持ちがあった。……それに、温かいコーヒーを出してもらったおかげで、人心地はついた。

彼女は、有明巴《ありあけともえ》と名乗った。在宅ワークでフリーライターをしているんです、と自己紹介されて、大量の本の存在に納得した。さっきパソコンに向かっていたのもそのせいか。

そちらが有明さんにとっての本業だろう。こんなにさびれた商店街の書店の売上では、商売にやる気があったとしても、それだけでは食べてはいけなそうだ。

「なんで、こんなに閑古鳥が鳴いている本屋を営業してるかっていうと、ですね」こちらの考えを見透かしたかのように、有明さんは苦笑しながら打ち明けた。「祖母の遺言とか、ありましてね。……祖母の母親、つまり私の曾祖母が、トキノサクラの『縁』を持っていたんです」

「あなたの、ひいおばあさんが？」

「はい～。曾祖母は、その『縁』のおかげで、もう二度と会えないと思っていた曾祖父に再会できたそうなんですよ。当時、家庭の事情がややこしいことになっていて、曾祖母はここで一人寂しく暮らしながら当店を営んでいたそうなんですが、トキノサクラに導かれた曾祖父との再会のおかげで、家族の間にわだかまっていた誤解が解けて、別々に暮らしていた自分の娘、つまり私の祖母と、また一緒に暮らせるきっかけになったとか！」まるで漫談のように、有明さんは滔々《とうとう》と説明した。「……だから、祖母はトキノサクラに対して、並々ならぬ感謝の想いがあったようでして。『縁』を持つ人が訪れたら、できる限り親切にしてあげなさいというのが祖母の遺言でした。母も、私に店を譲るまでは、ずっとそうしていましたし。この本屋って、むしろそのために残してあるようなものですよ」

「………『縁』を持つ人のために？」

「トキノサクラの伝承をよくご存じない方に説明をしてあげたり、困ったことがあれば相談に乗ったりしています。私こそ、もう一人のトキノサクラの守り人と呼んでいただいてもいいくらいですよ」

有明さんは、茶目っ気たっぷりに自慢する。

「また、『縁』をお持ちの方々のご相談に乗っていますと、皆さん、その後千里自然公園を訪れるたび、当店にも立ち寄ってくださるんです。もちろんそれだけでは経営はどうにもなりませんが、少しでも助かります。世の中、持ちつ持たれつですね」そして有明さんは、今度はありがたそうに拝むような仕草をした。

おばあさんの遺言を律儀に守っているという点では、いい人なのかもしれないけど……相談に乗ってほしいことには乗るから、お返しにウチの本を買ってねと、遠まわしに釘《くぎ》を刺された気がする。彼女自身が有明堂の店主であるようだし。

まぁ、もともと本が欲しかったんだから、買ってあげてもいいか。店頭に並んでいた一昔前のベストセラー小説には、読もうと思いながら買いそびれていたものもあった。……ただし、本当に彼女が有益な情報を提供してくれるのならば。

「先ほど、トキノサクラの守り人とおっしゃいましたけど……本当の守り人って、公園にいる、あのおじいさんなんですよね？」まずは遠回しに確かめてみる。

「はい、熊谷誠さんですね。曾祖母の代からお世話になっています」打てば響くように答えが返って来た。……曾祖母の代から、か。

「あの方って、本当は一体おいくつなんですか？」

「いきなり、それを訊かれますか」

うつむいて、クスクス笑っている有明さん。正直、ちょっと怖い。

「少なくとも、私が子どもだった時から、あの方のお姿は変わっておられませんね」

この女性が子供の頃というと、二十年ぐらい昔のことだろうか。……その頃からずっと、白髪の老人？

「かなり、お年を召した方なんですね。でも、あなたのひいおばあさんの代からお世話になっているというのは……本当ですか？」と問うと、

「湯村さんは、トキノサクラの『縁』を信じますか？」唐突に、そう切り返された。

「え、いや、信じるもなにも……トキノサクラそのものは見たんですけど……」あたしは、言葉を濁しつつ答えた。「実は、どうして見えたのか分からないんです。あたしには、その……『縁』の相手に、心当たりがなくて」

「そういう方も結構いらっしゃいますよ」

「え？　そうなんですか？」

「トキノサクラの不思議な力は、文字通り時を超えますからね。湯村さんがご自分の『縁』の相手にまだ一度も出逢っていないという可能性もあるんです。あるいは、もう出逢っていて、その方が大切な相手だとまだ自覚していない状態なのかもしれませんが」有明さんは一気に説明してから、コーヒーをずーっと啜《すす》った。

「…………」

ともあれ問題なのは、この先、あたしが誰か他人を大切な相手だと認識し得る可能性があるのかどうかだが。そこまでは口に出せないし……。

考え込んだあたしをフォローしようとしてくれたのか、有明さんが口を出す。

「気にしなくていいと思います。当の熊谷さんだって、そうなんですから」

「は？」思わず、間抜けな声が出てしまった。「熊谷さんも……『縁』を持っているってことですか？」

「そこは当然ですよ。そうでなかったら、どうやってトキノサクラの守り人でいられるって言うんですか。『縁』に繋がれた死者とも対話しなければならないのに」と、一笑に付されてしまった。当然と言われても、死者と対話しているという話自体が信じ難いのだけど。

　トキノサクラの守り人って、一体なんなのだろう。親戚たちから、もっと詳しく話を聞いておけばよかったと、今さら臍《ほぞ》を噛《か》む。

あたしが守り人の末裔《まつえい》だということは、有明さんには打ち明けていない。会ったばかりの相手に、なにもかも事情を打ち明けることは憚《はばか》られた。本当に彼女を信用していいのかどうかも分からないではないか。

　熊谷さんの問題に加えて、判断に迷うことがかえって増えてしまった気がする。頭を抱え込みたくなったが、彼女に、面と向かって疑いの言葉を吐くこともできない。

　とりあえず今は話を合わせようと、腹を決めた。

「……つまり、熊谷さんも『縁』を持っているけれど、その相手が誰なのか、熊谷さん自身もご存じないってことですよね？」

「はい。ずっと昔……」有明さんは、神妙な顔をした。「第二次世界大戦があった頃から、そうだったらしいです」

「………」

話を半信半疑のものとして聞いていたのに。あたしは言葉をうしなう。

歴史の教科書の中の出来事だと思っていた、第二次世界大戦という言葉を、はじめて現実の世界で聞いたような気がした。

「それほど長く生きている方がいらっしゃるなんて、信じられないですよね？」

有明さんの声音は、少しやわらかくなった。

「でも、それもトキノサクラが起こした奇跡の力らしいです。

普通、トキノサクラの『縁』で結ばれた相手とは、幽霊となるか、生まれ変わることでもう一度逢えるっていうパターンが多いんですけども。

熊谷さんだけではないんです。未来に生まれる運命の相手に出逢うために、普通の人間の寿命を超えて長く長く生きることになった方は、過去にも何人かいらしたとか。

どれも数百年の昔の話ですし、きわめて稀《まれ》であることは間違いありませんが。

まあ、私が知らないだけで、本当はもっと、いろんなケースがあるのかもしれませんけどね」

……幽霊や、生まれ変わりって本当にあるのかと、心の隅でぼんやり考えた。あるかもしれないとなんとなく信じているのと、実際にそれがあるのだと認識するのは、まったく別の次元の話である。己の死生観にまで関わることだ。でも、今そこで悩んでいては話が進まない。

「稀なケースとなって、それほど長生きをしたのに、今でもまだ熊谷さんは『縁』の相手に逢えていないと？」

「そういうことになりますね。これからその相手に逢えることが確実なら、まだ希望が先にあるってことですが……でも、熊谷さんがどれほど長く待たれたかということを考えると、やはりお気の毒な話ですね」

確かに……戦後から数えて百五十年も待ち続けたなんて。普通の愛情を持っている普通の人にとっては、相当の孤独をおぼえなければならないことではないのか。しかも、『縁』の相手が誰なのかも分からずに。

あまつさえ、やっと相手に出逢えたとしても。その後の熊谷さんも、トキノサクラの力で長生きし続けることはできるのだろうか。できないとしたら、ずいぶん酷な話に思えてしまう。

そんな同情心も心の隅には芽生えたが、あたしは、あたしだ。このような非常識な話が現実にあり得る筈がない、と抵抗する気持ちもやはり湧いて来る。

もし有明さんの説明が出鱈目《でたらめ》なら、どこかに矛盾点があるのではないか。

「どうして、熊谷さんと同じように長生きした人たちが過去にもいた、ということが分かるんですか。数百年も昔の話なんでしょう？」

守り人の家系であるあたしだって知らないのに、どうして、もともと関係のない有明さんが、数百年前の昔に遡る話まで知っているのだろう。

「以前、トキノサクラについて研究していた学者がいらしたんですよ。日本各地に残る伝承を、一生かけて調査したそうです」

熊谷さんと同じことを、有明さんも言った。

「あ、面白いこと教えます。千里町出身で、衣笠亜紀っていう有名な画家がいらしたんですが、ご存じでしょうか。その方の恋人だったたって噂ですよ、トキノサクラについて調べていた学者って。……湯村さん、ご気分でも悪いんですか？」

思わず、大きく息をつく。気がつくと、身体中がこわばっていた。

我ながら、無理もないと思う。今日一日で、これまで信じてきた常識が、次々と瓦解していくのだから。

有明さんが虚言を吐いているようには、どうしても見えなかった。

普段のあたしなら、なお彼女の話を疑ったかもしれない。でも……現に、あたしはもう、あの幻想的なトキノサクラの姿を目にしていたのだと思い出す。物理的に透き通って消えかけた桜という、充分に非常識的な存在を。

透き通った桜が実在し得るならば、齢《よわい》百六十の老人がその傍に生きているという可能性も、絶対に有り得ないとは決めつけられないではないか。……まあ、まだ何も具体的な証拠はないのだけど。

大丈夫です、コーヒーご馳走様《ちそうさま》でした、と口にする。さっき店頭で眺めた本の、どれを買おうかと頭の片隅で考える。

ここに来た目的は果たされた。おのずと、これからの行動は決まっていた。

……千里自然公園に戻ると、夕方になってますます気温が下がったせいか、散策に来ていた人たちの姿は見えなくなっていた。あたし自身も寒かったが、まだホテルに帰るわけにはいかない。

歩を進めると、白髪の老人の姿はすぐに見つかった。

花壇の傍にしゃがみ込み、草むしりをしていた。さすがに姿勢がきついのか、苦しそうに見える。

少しためらってから、声をかけた。「……お手伝いしましょうか？」

「ん？　あぁ、そうしてくれると助かるよ」顔を上げた熊谷さんは、なにごともなかったかのように答えてくれた。

熊谷さんの横にしゃがむと、土の匂いが鼻孔に入ってくる。咲いているのは、パンジーか、スミレか……植物に興味を持ったこともないので、さっぱり分からない。桜以外の花の名前を、あたしはいくつ言い当てられるだろうか。

花壇の中の雑草をつまみ、適当に抜きはじめる。草むしりなんて、小学生の頃に校庭で作業させられた時以来だ。

でも、嫌な仕事ではなかった。新鮮な土の匂いも悪くない。大地の持つ生命力に素手で触れているような気がする。先ほどトキノサクラの幹に手を差し入れた時、地の奥から吸い上げられて来るエネルギーの脈動を感じたから……今、こんなイメージが浮かぶのかもしれない。

「ごめんね」と、口火を切ったのは熊谷さんの方だった。

「俺が、突拍子もないこと言ったから。君はトキノサクラの守り人の子孫だし、幸さんにもよく似てるし……つい、すぐにでも話が通じるんじゃないかと勝手に思い込んでしまったよ」

お腹の底に、じわ、と熱を感じた。

熊谷さんの話の真偽は置いておいても……あたしは、なにも言わずに逃げ出すという非礼なことをしたのに、このおじいさんが、心底あたしに申し訳ないと思ってくれているのが伝わって来たから。

だけど、あたしは謝罪の言葉を口にできなかった。代わりに、『でも、おかしくないですか？』と問うてしまう。

「百六十年以上生きてるってことが、もし本当だとしたら……戸籍上は死亡扱いになってるって、熊谷さんはおっしゃってました。でも、この公園の職員っていうことは、千里町が熊谷さんを雇用してるんでしょう。戸籍上亡くなっている方を、役場が雇ったりできるんですか」

どうしてあたしは、こんなどうでもいいことを質問してしまうんだろう。本当に話を聞かなくてはならないことは、別にあるのに。

「あぁ、そのことなら」熊谷さんは、顔色一つ変えずに答えてくれる。

「自分自身が『縁』を持っていた人間は、年々少なくなってきてるけど……両親とか祖父母とか、身内に『縁』を持つ者が過去にいたっていう人間は、千里町には少なくないわけだよ。特に年配の方たちにはね。

町役場の役人の中にもゴロゴロいるし、今の佐野さんっていう町長もそうなんだ。だからトキノサクラの存在も、俺の役割も、ずっと昔から役場の中では公然の秘密になっているのさ。そのおかげで、有難いことに、俺の食《く》い扶持《ぶち》ぐらいはどうにかしてもらってる。この公園を管理するための予算の中でね」

「そうですか」

もうちょっと気の利いた返事の仕方はないのか、と自分で思う。

このままではいけない。言いにくくても、もっと大事な話をしないと。

「……さっき商店街で、有明さんっていう方に会ってきました。ひいおばあさんの代から、熊谷さんにお世話になっているそうですが」

「そうなんだ。俺こそ、巴ちゃんにはお世話になってるよ。店休日には、ボランティアとして公園の掃除に来てくれてるんだ」と、熊谷さん。そういえばさっき、ボランティアの人が来てくれていると聞いたが、有明さんのことだったのか。

「時々、店休日以外にも来てくれるけどね」

「有明さん、店番なんてどうでも良さそうですよね……」

「でも、俺だけじゃ、もう手が行き届かないから助かってる。ついじっとしてられなくて、ちょっとでも時間が空くと、なにか仕事をせずにはいられないんだけど……さすがに、年食っちゃったからなぁ」熊谷さんは立ち上がり、痛そうに腰をさすった。

「あいたた……もう、思うように身体が動かないよ」

「……どうして、そこまで無理して仕事するんですか」

気がつくと、あたしまで立ち上がっていた。

いつの間にか、心情的には疑うことができなくなっていた。少なくとも、熊谷さんは、精神に異常をきたしてなんかいない。こんなおじいさんが、これ以上苦労を重ねなくてもいいではないか。

「町役場は、熊谷さんにまだ働けって言うんですか？ もしかして戸籍がないから年金も出せないとか？ ……お年寄りでも、今は年金がなかなかもらえないっていう社会問題は、よくニュースで聞きますけど」

「いやいや、違う。そういうことじゃない」

熊谷さんは、少し慌てるように、首を横に振った。

「では……熊谷さんがトキノサクラの守り人だから、後継者がいないんですか？」

「まあ、間違ってはないけど……でも、後継者の心配は、あまりしていないんだ。この仕事は本当に、俺が望んで続けてるんだよ。自分の手足が動く限りは、千里の山々を守りたいから」

熊谷さんは、自分の皺だらけの手を見る。その手のひらだって、微《かす》かに震えているのに。多分、肉体の衰えのために。

「でも、どうして……」

「この仕事をうしなったら、俺にはもうなにも残らないんだよ。……俺さ、もともと戦災孤児だったんだ」

戦災孤児。……その言葉の意味を理解するのには、反芻《はんすう》が必要だった。

「今の俺にとっての最初の記憶は、見渡す限りの焼け野原に立ってたことだ。それまでの記憶は、頭から消し飛んでいた。よほど覚えていちゃいけないような体験をしたんだろうな、空襲を受けた夜に。だから、俺、育ててくれた筈の家族の顔も思い出せないし、自分の本当の名前も、正確な年齢も知らないんだよ」

熊谷さんの口調は、大変なことを語っているようには聞こえない、淡々としたものだったけれど。

あたしは衝撃を受けて、ただ、言葉をうしなう。

本当ならば——とっくに日本にはいなくなっていた筈の戦争体験者が、目の前にいるということだ。

生身の人間が、実際の体験を語るのを聞くことには、過去の映像を見るのとは違う、圧倒されるような重みがあった。……それは今と同じ空間で起こった、現実だったのだと。

「その朝は、突き抜けるような青空でさ。

一人きりで、なにも思い出せなくて、一体これからどこへ行けばいいのか、なにをすればいいのかも分からなくて……当時はそんな言葉知らなかったけど、自分が宇宙と同じ、真空になったみたいで。自分の存在だけががらんどうで、寄る辺なく思えて。どんな人の記憶もなく、どんな世界との繋がりもなく、ただただ肉体的に呼吸しているだけっていうのが、どれほど……人として生きる意味が見いだせないものなのか、骨身まで思い知った」

……あたしも、ずっと自分の人生は空っぽだと思っていたけれど。

このおじいさんの味わった、真空に思えるほどの孤独は、想像ができない。

せめて地平線まで続く焼け野原を思い浮かべようとしてみたけれど、うまく行かなかった。

「その後、とにかく食い物がなくて、さすらって、流れ着いたこの千里町で……俺は、幸さんに拾ってもらった。かつて大切だった筈の人々のことも覚えていないくせに、俺は、なぜか『縁』を持っていることが分かったから。

だから、幸さんが、俺をトキノサクラの守り人の後継者として育ててくれた。がらんどうだった俺が、この世界で自分にしかできない仕事を得られたということが、どれほど……奇跡のように有難かったか、とても言葉にはできないよ」

「有明さんが……」あれ、と思った。のどがつかえて、うまくしゃべれない。大きく息を吸い、続きの言葉を吐き出す。「熊谷さんは、今でも『縁』の相手を知らないと言っていましたが……」

「幸さんには、『いつか運命の相手に逢えるわよ、そのためにマーくんは普通の人よりずっと長生きしてるの。どんなに長く待ったとしても、いつか必ず、生きていてよかったって思えるような素敵な人に出逢えるわ。あたしにとっての昇さんみたいな』……とか、最後までずっと言われ続けてたけどね。

それでも俺は、今でも俺の『縁』の相手は幸さんだったと信じてる。

俺がこんなに長く生きているのは、幸さんとは別の誰かに会うためなんかじゃなくて、きっと、幸さんに任せてもらった大切な仕事を最後までまっとうするためだ。だから、多分、トキノサクラが消えるまで、俺は生き続けるんじゃないかと思うよ」

色恋沙汰とは縁のないあたしでも——なんとなく、そうではないかと察していたが……。

「熊谷さんは、幸さんのことを……？」

「幸さんには、昇さんという人がいたから、完全に俺の傍惚《おかぼ》れだったけどね」

そんなことまで、なにげない笑顔で、なんでもないことのように言わないでほしい。百五十年。……やっぱり想像ができない。あたしは、その六分の一の年月すら生きていないのだ。

「……だからさ」なぜか霞《かす》んでいる視界の中で、あたしは気づく。熊谷さんが、あたしの顔を見ないように、見ないようにと目を逸らしていることに。「君は本当に幸さんによく似てるから……正直、そんな顔をされると、ちょっとつらいんだ」

「そんな顔……？」

思わず、あたしは自分の顔に手をやった。

温かく湿ったものが、指先に触れた。

……嘘だ。こんなの嘘だ。

なにごとにも関心のない、心の冷めた、情のないあたしが泣くだなんて、そんなこと、絶対に有り得ない。アイデンティティが、完全に崩壊してしまう。

なのに、子供のように鼻を啜りながら、止められない涙を袖口や手のひらで拭いながら……あたしは、それでも訊いた。

「つらいって、どういう意味ですか？」

「いや、その……正直に言っていいもんかな」

熊谷さん、困ったように白髪頭をボリボリと掻く。

「俺さ、このことに関してだけはトキノサクラに対して文句が言いたいんだけど……こんなじいさんになっても、どうしても精神年齢が若い時のままなんだよ。バカみたいだろ。いっそ心まで老いてしまった方が、どんなに楽だろうって思うのに、今でも、あの頃のまま幸さんへの気持ちは変わらなくて……その幸さんにそっくりな君が、俺の前で泣いていると、こう」おじいさんが、赤面している。「なんとか落ち着いてほしくて、その……抱きしめたい、と思ってしまうんだ。本当にごめん。こんな年寄りに言われても困ると思う」

あたしは、しゃくりあげながら熊谷さんの顔を見た。しばらくの間、自分自身の心と相談してみたけれど、拒むような気持ちは湧かなかった。

「……抱きしめても、いいです。別に」

「え？　いや、でも、それはやっぱり」これまでなにを言っても、ずっと穏やかな表情を崩さなかった熊谷さんが、明らかに動揺した。この人、相当純情みたいだ。幸さん以外の女性に恋をしたことだって、長い生涯のうち一度もなかったのではないか。

「幸さんの代わりで、すみませんけど」

……まぁ、人のことは言えない。あたしだって男性に抱きしめられるのはこれがはじめてだ。まさか、おじいさんにそうされるとは思わなかったけど。

自分から、熊谷さんへと身を寄せた。

こんなことは幼い頃両親に抱かれた時以来で、不思議な気分がしたけれど。あたしも少し安心感をおぼえて、お年寄りの身体に負担をかけないように気をつけながら、ほんの僅か体重を預けた。響いて来る心臓の鼓動が温かかった。

かなりの時間が経って、やっと背中に回ってきたおじいさんの手は、薄く降り積もった雪のように軽くて——男の手と呼ぶには、あまりにも弱々しかった。

「さっきと同じお茶しかないけど、いいかい？」

「あ、もちろんです。すみません」

あたしたちは、公園の管理事務局に戻って来ていた。気がついたら、とっぷりと日が暮れて、さらに寒くなってしまったので……。

室内にも冷気が入り込んでいたため、熊谷さんは石油ストーブを点《つ》けてくれた。灯油の匂いが懐かしく感じられる。昔、親戚の家で同じ匂いを嗅いだのかもしれない。

口をつけていなかったままのお茶も、淹れ直してもらった。あたしにその湯呑を渡しながら、熊谷さんが尋ねる。

「……悪いけど、隣に座ってもいいかな」

「あ、もちろんです。ここが一番ストーブに近いですもんね」

二人なら優に腰かけられるソファだ。そのまま、並んで座った。

さっきの出来事を思い返すと、少々面映ゆいような気持ちもあるけれど。すぐ傍にいる熊谷さんの姿に目を向けると、やはり、そこにいるのは冬の枯れ木みたいな老人で。変な意識をする必要は、なにもないだろう。あたしはただ、この人が長く抱いた恋心の残滓《ざんし》を受けとめただけだ。

ただ隣に座っている、それだけでいい。湯呑を両手で包んでいると、それが熊谷さんの気持ちの温かさであるようで。

……気が緩んだのか、あたしは、いつしか話しはじめていた。誰のことも愛せない、あたし自身について。

他人には絶対に話せなかった、子供の頃からの苦悩を口にすると……これまで心の中だけで張りつめていた緊張感が、言葉にするたびにほどけていくような安堵感と、こんな程度の悩みごとを熊谷さんに対して話していいのかという自己嫌悪が交互に押し寄せてきて……話し終える頃には、すっかり後者の方が勝ってしまっていた。熊谷さんは、ずっと真摯に頷きながら聞いてくれたのに、あたしはすっかり恥ずかしくなり、顔を上げられなくなる。

「……だから、なぜあたしがトキノサクラの『縁』を持っているのか、不思議なんですが……。すみません、こんな話をしてしまって。熊谷さんの体験に比べたら、全然つまらない悩みですよね」

「そんなことはない」熊谷さんは即答した。「もしも、自分の悩みを小さなものだと達観することであなたが楽になれるのなら、それでいいと思うんだけどね。……そうやって楽になる人間もいれば、そうじゃない人間もいるからさ」

「……そうなんですか？」

「少なくとも俺は、つまらない苦しみだとは全然思わない。

……確かに、俺は幸さんともう逢えなくなってからも、ずっと彼女に逢いたくてたまらなかったさ。

幸さんは、やっぱり昇さんとの『縁』を持っていて。長い時間を待ったけど、ちゃんと彼と再会できて……その途端、自分も一刻も早く生まれ変わって昇さんにまた出逢うんだって、とっとと天国に行ってしまったんだ。置いて行かれた後は、俺だって、この人生の長さが恨めしく思えたよ。

でも……そんな風に想える相手が、生涯ずっといなかったとしたら、そこにはまったく別の苦しみがあっただろうね。

俺の人生がどれほど長かろうが、俺はあなたの人生を体験していないんだから、比べる意味とかないよ」

「…………」

言葉にならなかった。

まるごと、受け容れられた気がした。ずっと隠してきた、あたしという人間を。

「それに見てれば分かるよ。あなたはとても優しい女性だ。あのね、人の痛みで自分の胸を痛められる人間を、情がないとは言わないよ。そういうところは、幸さんより、むしろ亜紀ちゃんに似てるね」

衣笠亜紀。あまり会ったことはないものの、ほんの少し言葉を交わしただけで心根が優しいことが充分に伝わって来る、そういう女性だったことを思い出す。あたしと似ていると言われても、まったく腑に落ちないのだが。

「……でも、あたし、これまで、こんな風に泣いたことってないんです。本当に今、アイデンティティが崩壊してしまいそうなんですよ」

「多分ね、自分は冷たい人間だ、情のない人間だというアイデンティティを築いた人間は、心の中の温かい感情を抑圧してしまうのさ。

抑圧って、悪い感情ばかりを抑え込むものじゃないんだよ。どんな感情もあって当たり前なのに、自分の性格を一面的に決めつけたら、その反対の感情を存在しないことにしてしまうんだ」

……そんな発想は、あたしにはなかった。深層心理なんて、表層の自分よりも醜く暗い、直視できない感情ばかりがとぐろを巻いているものだと思っていた。

「それに、恋愛という概念だって、昔の日本にはなかったって知ってるかい？　俺が生まれるよりも昔の話だけど。もともと海外から輸入された概念なんだよ」

「え……？　でも、昔の日本人だって、人を好きになったりしたんでしょう？」

「もちろん、好きという気持ち自体はあっただろうさ。

だけど、人は生まれながらに恋愛感情を持っているわけじゃなくて、心の中にあるさまざまな不定形の感情の一つを、社会が恋愛だと定義づけた、それだけのことなんだ。だから、どこからどこまでが恋愛感情だと線引きできるわけでもないし、それを持たない人がいることがおかしいとは全然思わない。

そもそも、言葉で定義づけられない感情だって沢山あると思わないかい？　本当は俺たち、言葉の方が先行して、心を縛っているのかもしれないよ」

感情というキーワードから、あたしは衣笠亜紀の描いた抽象画のことを思い出して……そして、小さく頷いた。

「そうか。言葉だけでは心を言い表せないから、たとえば、絵のような芸術も必要なのかもしれませんね」

言葉にしてから、少し論理が飛躍したかな、と思ったが、

「うん、そうそう。芸術家は絵を描くことで、声楽家は歌をうたうことで、定義づけられない心を表現するんだ」

まるで詩でもそらんじるように、熊谷さんは即答してくれる。老人には到底似合わない、若々しい感性の光をその瞳に灯して。

……いや、見た目がどうであれ、本当は老人じゃないのか。

今さら、実感した。容姿にとらわれていてはいけない。肉体的には年をとっていても、常識を超えて長く生きていても、この人は今でも確かに青年の心を宿している。

「熊谷さんは、幸さんのどういうところが、そんなに好きなんですか？　あたし、そ

ういう気持ちが分からないから聞くんですけど」

「好きという気持ちがあっても、どうして好きになったかなんて分からないもんだと思うよ。理由を挙げることはできても、なぜそれが、そこまでも自分にとって重要な理由なのかは、うまく説明できないさ」

「さっきの言葉だと、幸さんのことを優しい女性だとは思っていないようでしたね？」

「うん。あまり優しくはなかったな。冷静に思い出したら、ひどい扱いだったし。まあ、俺が嫌われてたっていうわけじゃなくて、昇さん以外の男には、誰相手でもそんなもんだったけど、あの人……。おまけにめちゃくちゃ鈍くて、俺の気持ちにも全っ然気づかないし……」

ぶつぶつと熊谷さんは文句を言った。その語気には、しょうがないなぁという愛情も込められているようだけど。

「だからさ、俺も仕返しにちょっと意地悪したんだ。幸さんは、そんなことは毛頭望んでいない、むしろ嫌がってるのを分かっていた上で、彼女を千里自然公園の設立者として、郷土の恩人として祭りあげたのさ。千里町のために素晴らしい功績を立てたという虚像を、わざと町中に振りまいてやった。

どうせ幸さんは、昇さんがいないことが寂しくて、桜の植樹活動で気をまぎらわせてただけなんだろうけどさ。もし、そんな本当の話がうっかり広まったら、腹が立つしね。……あ、この話は、内緒にしといてくれ」

そんな思わぬ告白に、あたしはつい、お腹が痛くなるくらい笑ってしまった。熊谷さんだって、やっぱり人間なんだなって思ったから……。こんなに笑ったのはずいぶん久しぶりである。

でも、そんな意地悪なら許されてもいいだろう。本人の気持ちはどうあれ、結果的に幸さんは称賛を受けている。熊谷さんには、純粋にそれを望む気持ちもあったのではないだろうか。まあ、腹が立つと言ったことも、まぎれもない本音だろうけど。

――あたしは願わずにはいられなかった。

どうか、熊谷さんの本当の『縁』の相手が、幸さんではありませんように。

どうか、その相手が一日も早く現れて……熊谷さんの残りの人生に、安らぎを与えてくれますように。

それが、どうしても無理なら、いっそ幸さんが生まれ変わってもう一度戻って来てくれるのでもかまわない。最初会った時の熊谷さんが、トキノサクラの許にいるあたしを幸さんと間違えたのだって……熊谷さん自身が、もう一度、あそこで幸さんに逢えるのではないかという儚い期待を捨てきれずにいるからなのだろう。

人と人との『縁』を結び続けたという熊谷さんの人生が、自身は孤独なままで終わってしまうのはあまりにも理不尽ではないか。トキノサクラに奇跡の力があるならば、その守り人本人を救えなくて、一体どうするのだ。

……不意に、熊谷さんが事務局の壁時計を見上げる。

「本当に、ごめんね。こんな時間まで引き留めてしまって。お腹も空いたんじゃないかい？」

「いえいえ。うちはいつも夕食の時間遅いので、まだ大丈夫ですよ」

「あ……でも、もうバスの最終便も出てるな」

「え——っ⁉」

そのことには、思わず大声を上げてしまった。こっちに来る時のタクシー代だって、けっこう痛かったのに。バス停で、よく時刻表を見て来ればよかった……。

あたしの表情を見て、事情を察したのか。熊谷さんは、お年寄りそのものの所作で立ち上がって、事務机に重なった書類やノートをかき分けた。その下には色褪せた固定電話が置かれていた。

「大丈夫だよ。俺にタクシー代ぐらい出させてくれよ。……あ、いや、今の時間だったら……」

受話器を手に取りながら、なにか思いついたらしい熊谷さんが振り向いた。

「もう有明堂も閉店してる筈だから……巴ちゃんに頼む？」

「……え？」


そして。公園の入り口へと、一人で引き返す。

熊谷さんは送るよと言ってくれたけど、身体がお年寄りである以上、往復してもらうのは申し訳なかった。外はすっかり冷え込んでいるので。……熊谷さん、事務局に寝泊まりしていると言うのは本当みたいだ。

夜空には半分ほど欠けた月が浮かんでいて、ぼんやり夜道を照らしてくれているのが幸いだった。

さっきは空っぽだった公園前の駐車場には、赤い軽自動車がもう到着していた。あたしが近づくと、運転席の窓がひらく。

「お疲れ様でーす」

ぶんぶん手を振って来た、有明堂の店主。

……熊谷さんにタクシー代を出してもらうのも悪いから、ビジネスホテルまで有明さんに送ってもらうという提案を受けたけど……この人、なんとなく苦手である。

でも、車に乗せてもらえるのは助かる。促されるまま、あたしは助手席のドアを開けて座席に乗り込んだ。

「お邪魔します。すみません、わざわざ来てもらって」

「全然いいですよ〜。それにしても」有明さん、見事なウインクを披露する。「知りませんでした。湯村さんが、衣笠亜紀のご親戚だったなんて」

……さっき、熊谷さんが有明堂に電話をかけて事情を説明した時に、併せてそれも話してしまったのである。

「黙っていてすみません」あたしはシートベルトを装着しつつ、もう一度謝った。

「いえいえ、謝っていただくようなことじゃないんです」有明さんは両手をバタバタ左右に振ってから、ハンドルを握った。

「そもそも、私の曾祖母にトキノサクラの存在を教えてくれたのは、若い頃の衣笠亜紀さんだったそうですよ。この近所に住んでいて、有明堂のお得意様でもあったらしいです。

亜紀さんに教えてもらうまで、曾祖母は『縁』を持ちながらも、トキノサクラのことをなにも知らなかったんだとか。こんなにも、公園の近くに住んでいたのにね。だから、亜紀さんには、とても感謝していたようです」

「……そうだったんですか」

「有明堂で、祖母が『縁』を持つ人たちの相談に乗ることにしたのも、大切な相手にまだ逢えていない人の役に立ちたかったからだと思います。かつての、曾祖母と祖母が、そうでしたから」

千里町の夜道は暗い。灯《あか》りのついた家も少なく、営業している店は皆無で、街灯以外の光源が乏しいからだ。

有明さんは、運転が下手でごめんなさいねと謝ったが、ほかの車がいない道路をノロノロ走っているので、事故が起こりそうにはなかった。……この不便な町では、苦手であっても車の運転をしなければ生活しにくいだろうな、と思う。

と。有明さんが、少し語調を改めた。

「熊谷さんに比べれば、私なんて、全然ひよっこですけど。祖母や母から受け継いだお仕事のおかげで、これまで有明堂でいろんな方たちと出会って、いろんなお話を聞いてきました。家族、恋愛、友情など、『縁』と一口に言ってもさまざまな人間関係がありますが、お互いに、心から大切に想える相手でなければ『縁』が繋がらないことは確かみたいです」

「……はぁ」

人を心から大切に想えないあたしは、つい生返事をしてしまったが、

突然、車道の途中で有明さんが車を停めた。いくら、ほかの車が走行していなくても、危ない行為ではないか。そう抗議すべきかと思ったが、

「私、思うんです。熊谷さんが長年見つけられなかった『縁』の相手って、実は、湯村さんじゃないでしょうか」

推理ドラマで探偵が犯人を名指しするごとく、びしっと指をさされて、あたしは困惑した。

「な……なんで、いきなり、そう思うんですか」

「私、物心ついた頃から熊谷さんには大変お世話になっておりますが」有明さんの瞳が、眼鏡の奥で潤んでいるのが見えた。「さっき、熊谷さんからお電話をいただいた時……あの方のあんな声、はじめて聞きました。湯村さんをホテルまで送ってあげてほしいと言われた時の声音が、とても優しくて、やわらかくて、なによりも、いとおしげで……」

「あぁ、それは誤解です」あたしは即答した。「熊谷さんが昔、大切に想われていた方が、たまたまあたしによく似ていたんです。衣笠亜紀よりも前の時代の、血の繫が

った先祖だから、そっくりという可能性も有り得ますよね」

電話をかける前、熊谷さんはあたしを通じて幸さんを想っていたのだから……電話を受けた有明さんには、熊谷さんの声音が、あたしをいとおしく想っているように聞こえた。ただ、それだけのことだろう。

「そんなこと、ないと思いますけど……」有明さんは少し悲しそうにつぶやいたが、あたしは返事をしなかった。やがて不満そうに、彼女はふたたび車を発進させた。

ビジネスホテルの近くには、営業しているレストランがあってよかった。夕食を摂《と》り、部屋に戻る。

入浴をすませても、眠る時間にはまだ早かったので、有明さんの店で購入した小説を読もうとした。でも、内容がさっぱり頭に入ってこない。気がつくと、よく意味をつかめないままページを捲《めく》っていて、話の筋を追えないのだ。

おかしいな、といぶかった。この作家の本はわりあい面白いし、文章が読みやすいことでも定評があるのに。

疲れているせいだと読書を諦めてベッドに横たわっても、目が冴《さ》えていて眠れない。今日はいろいろなことがありすぎたから、神経が昂《たかぶ》るのも仕方ないのかもしれない。あたしにしては、とても珍しいことだが。やっと眠りに落ちたのは明け方近くになってからだった。

——目覚めると、窓からの光が眩しかった。前日とは打って変わった晴天だった。

振り向けば、遥かに水平線が望める墓地で。

あたしは、そっと手を合わせていた。あんなに素晴らしい絵を描くことができたのに、若くして戦場で亡くなってしまった昇さんと、熊谷さんにずっと想われ続けている、あたしと姿が似ていたらしい幸さんに。

母の描いてくれた地図に、もう一か所×印で示されていた場所が、この墓地だった。せっかく千里自然公園に行くのだから、ご先祖のお墓参りをして来るように、と母に命じられていたのである。

でも、今は義務感でここに立ち寄ったわけではない。あたしは二人に挨拶をして帰るべきだと、心から思っていた。

お墓参りと言っても、普通の墓地ではなかった。墓標となっているのは桜である。なんという品種の桜なのかは分からないけど、熊谷さんは、この桜のことを縁桜と呼んでいるらしい。

時折渡る風の中、可憐に揺れつつも、芯を持って咲き続ける姿は誇らしげで。

この桜の許でともに眠ることができたのは、昇さんと幸さんにとって、幸せなことに違いない。——正直、あたしは二人が羨ましかった。

植物に興味なんてなかったけど、もはや桜だけは、あたしにとっても特別な花だと認めざるを得ない。この花が千里の山々に、一面に咲いている風景を見てみたかった。写真ではなくて、現実の世界に。

なぜ、桜は昔に比べて、ずっと少なくなってしまったんだっけ……？

理由を雑学の本で読んだことはあるが、自分には関係のない話だと当時は思っていたので、記憶には残っていなかった。

思い出そうと頭をひねりつつ、お墓参りを終えて坂を下っていく。墓地は山の高い場所にあるため、景観は素晴らしい代わりに、道程の上り下りは大変だ。

……坂を下った場所には、休憩用に木のベンチが設えられている。熊谷さんがぽつねんと座っていた。考え事でもしているのか、近寄っても気づかない。

「お墓参り、終わりました」

声をかけると、「わぁっ！」と熊谷さん、大袈裟なぐらい驚いた。こっちまで、びっくりしてしまう。

「……すみません、驚かせるつもりはなかったんですけど」

「いや、いいんだ。俺、ついに耳まで遠くなったかな？」

熊谷さんはなぜか、動揺を押し隠すように両耳を押さえた。

「墓地の場所は分かったかい？」

「はい、大丈夫でした」

「ごめんね。本当は縁桜まで案内したかったんだけど」と、彼は溜息をつく。もう熊谷さんの足では、坂の上の墓地まで歩けないそうだ。

「……お墓参りに来られた方も、特にご年配だと、坂を上るのは難しいのではないですか？」

「墓地をつくる前に、幸さんにも同じことを言われたよ。

その時は俺、足の悪い人やお年寄りは背負って連れて行くから大丈夫だって突っぱねたんだけどさ。今じゃ自分がお年寄りだもんなぁ。たまらないね」

熊谷さんは苦い顔をする。

心が今も青年の時のままなら——老人の身体の不自由さは、彼にとってどれほど歯がゆいだろう。

「……でも」と、熊谷さん。「俺は、あの場所を墓地に選んだことを一度たりとも悔やんだことはないぞ。桜と一緒に海も見えるし、最高だろ？ 特に今日みたいな晴れた日はさ。もう自分の目では見られないけど……千里自然公園では一番の絶景スポットだ。くまなく隅々まで歩き回った俺が言うんだから間違いない」

そして、少年みたいに、自慢げに笑っている。

きっと、幸さんが安らかに眠るために、あの場所を選んだのだろう……。

「そう言えばさ。さっき事務局まで巴ちゃんが来てたよ」熊谷さんが、話題を変えた。

「……あ、そうなんですか？」

昨夜、ビジネスホテルに送ってもらった後、有明さんとはあのまま気まずく別れてしまった。それを思い出して、少し気が重くなる。

「湯村さん、これから駅までバスで帰るつもりだっただろ」

「はい。朝もバスで来ましたし」

「バスだったら、そろそろ出発しなくちゃいけない時刻だけど……巴ちゃんが、今日も湯村さんを駅まで送りますから、ゆっくり来て下さいってさ」熊谷さんは、少し照れくさそうに目を逸らした。「昨日と同じように公園前の駐車場でずっと待ってるって。俺も……できれば、そうしてくれると嬉しいんだけど」

有明さん、そんなにあたしを熊谷さんの『縁』の相手だと思いたいのだろうか……。そして、今日の有明堂は休業なのだろうか。

熊谷さんがもう少しあたしと一緒にいたいと望んでいるのも、単に、あたしが幸さんに似ているからだと思うが。

有明さんとは顔を合わせにくいし、バスで帰る方が気楽ではある。

……だけど用事が終わったから、もうさようなら、というのも悲しい。あたしだって、熊谷さんともう少し話をしたい気がする。

「分かりました。帰りの新幹線の切符、指定席なので、それ以上は遅くなれませんけど……時間ギリギリまで一緒にいますから」

それで、もう熊谷さんとは、お別れなのだし。

「……ありがとう」

熊谷さんは、心から嬉しそうに笑ってくれた。……これでいい筈なのに、なにかが心の中で引っかかる気がした。

ビジネスホテルはチェックアウトして来ている。キャリーバッグは、お墓参りのあいだ、管理事務局に置かせてもらっていた。とりあえず、その場所に戻らなければならない。

道すがら、さきほどの疑問を思い出して尋ねてみた。

「あの……桜が日本からほとんどなくなった理由って、なんでしたっけ?」

「ん? あぁ、いくつも不幸が重なったんだよ」熊谷さんは説明をはじめてくれる。「元をたどれば結局、明治時代以降、ソメイヨシノっていう一つの品種ばっかり植えすぎたせいだ。かつては日本の桜の大半がそうだったんじゃないかな。

ソメイヨシノっていうのは、元は一本の桜だったクローン株で、容易に増やせて、生長もほかの桜よりずっと早かった。沢山の桜を一気に咲かせるには、うってつけの品種だったのさ。

……当時の俺たちに、選択の余地はなかったんだ。予算も限られていた上に、少しでも早く桜を咲かせることを町中の人たちから切望されていたからね。

まあ、実はソメイヨシノだけを植えると病害虫が広がりやすいから、ほかの品種の桜もできる範囲で混植していたんだけど。

今、生き残ってる桜は、ソメイヨシノ以外ばかりさ」

「ソメイヨシノっていう品種の、なにがいけなかったんですか？」

「生長が早い一方で、山桜などに比べて寿命が終わるのも早いんだ。実は、かつての花見の名所には、日本が軍国主義だった時代に植えられた桜も多かったんだけど、その頃のソメイヨシノの寿命はとっくの昔に終わっているからね。

植物としての弱点も多いし、実に手のかかる奴だった。それでも少しでも長く守ろうと、俺なりに必死に模索したんだけど」

当時の苦労を思い出したのか、熊谷さんは疲れたような苦笑いをした。

「……今世紀の前半だったかな、異常に気候の変動が激しかった時期があってね。おまけに外来種の強力な害虫も蔓延《まんえん》するわで……。

日本中で多くの桜が次々と死滅してしまったし、俺にも守り切れなかった。幸さんに今の千里の山を見られたら、死ぬほど怒られるだろうな。桜を守れない守り人なんて、聞いて呆れるとかさ」

「でも……」あたしは、腑に落ちない。「それなら、どうして新しい桜を植えなかったんですか？　ソメイヨシノではなくても、桜の品種がほかにあるなら……」

「桜の持つ特徴で、忌地《いやち》現象といって――一度桜が死に絶えた土地では、次の桜を育てることが難しいんだ。土をそっくり入れ替えるか、別の土地にあらたな桜の名所をつくるか……なんにせよ、管理する側の予算の問題になるんだよな。

この国が貧しくなって、市町村のほとんどが昔よりもずっと寂れてしまった。結局、最終的な原因は地方自治体の財政の苦しさ、そこに尽きるんだ。

俺だって、なんとかしたいよ。せめて身体が動けば、まだできることもあるかもしれない。でも現実には、今の公園の現状維持すら、俺の体力だけでは無理だ……」

熊谷さんは悔しそうに空を仰ぐ。

「……なんかさ。かつての戦後からの復興の時代や、高度経済成長の時代も生きてきている俺には、桜っていう花は、この国の状況を実によく反映しているように見えるんだ。

沢山のクローン桜が植えられた時代には――みんな同じような方向を見て、みんな同じような教育を受けて、画一的な価値観を持つ人間が量産されていくようだった。どちらも、社会のための効率重視なんだよな、結局。

そして、この国が昔からは考えられないほど衰退してしまった時代、同調するかのようにソメイヨシノも死に絶えてしまった。

ソメイヨシノがそうだったように……結局、みんな同じっていうことは、みんな弱点が同じだってことでもあるんだ。そうした社会は、ある方面では盤石でも、別の方面ではひどく脆《もろ》いのかもしれない。時代の変化による破綻の可能性は、どこからやって来るのか分からないのに」

あたしは、しばらく熊谷さんの言葉の意味を考えた。

「……だから熊谷さんは、こう言いたいんですか。みんな違っていた方が世の中のためにもいいんだから、あたし自身も、人と同じ生き方をしなくていいって」

「いやいや。別に、あなたに説教くさいことを言うつもりはなかったんだ。単に、俺自身が、そんな風にでも世の中を批判してないと、生きて来れなかっただけなのかもしれないよな」

熊谷さんの声音が、さらにほろ苦くなる。確かに、この人ほど、「みんなと同じ」になれなかった日本人も、あまりいないかもしれない。

「……でも、少し分かったような気がします。

あたし、恋愛感情のない自分自身のこと、欠落した人間だって、ずっと蔑んでました。でも……多種多様な人間が存在するということは、中にはあたしのような人間もいるし、熊谷さんみたいな方もいる、っていうことだったんですね。

生き方とか価値観の多様性を認めるって、いい話に聞こえますけど。それって同時に、人はそれぞれ違う欠落を持つという部分も当たり前のこととして認めないと、本当に多様性を認めたことにはならないんですね」

気がつくと、あたしはそんな論理を口にしていた。……そんなあたしを、熊谷さんは横から見守っているようだ。なぜか、少し眩しそうな眼差《まなざ》しで。

「湯村さんは、やっぱり幸さんとは違うね」

「……幸さんの代わりになれなくて、どうもすみません」

思わず、声に棘が混じってしまった。……なぜだろう。残された時間、熊谷さんとの関係を気まずくしたくなんてないのに。

「いや、そんなつもりで言ったんじゃ……」熊谷さんが言い訳しているように聞こえたが、もう管理事務局に到着するところだったので、耳を貸さずに青いドアを開ける。

あたしは、ちゃんと分かってる。

熊谷さんの中の幸さんに、あたしが敵う筈がない。……絶対に。

室内に入ると、置かせてもらっていたキャリーバッグがまず目に入って……やっと思い出した。そう言えば、昨日約束をしたんだっけ。

「ご覧になりますよね？　衣笠亜紀の描いた、トキノサクラの絵」

気を取り直して振り返ると、落ち込んだような顔をしていた熊谷さん、「うん、ぜひ見たい」と弱々しく微笑んだ。どうして落ち込むのだろう。あたしを幸さんの代わりとして見ていることに、罪悪感でもあるのだろうか。

タブレットを取り出し、電源を入れる。なぜか苛立《いらだ》ちがおさまらず、作業に手間取ってしまったが、なんとか画像を表示させる。ソファに腰を下ろした熊谷さんに、それを手渡した。

「……これは」

熊谷さんの目が、大きく瞠られる。

「昇さんの絵と、タッチが違いますよね」……とあたしは言ったが、そういったレベルの話ではないほど、彼は驚いているように見えた。

「この、女の子は……」熊谷さんは画面の一点を指す。

ああ、そうか。驚いた理由は絵画の表現ではなくて、絵の中に描かれた人物だったようだ。

「衣笠亜紀の『縁』の相手だったらしいです」

トキノサクラの許で、舞い散る桜に手を差し伸べている少女。小柄で、ふわふわした短い髪をしていて……楽しそうに、幸せそうに笑っている。

「あたしも、その少女が誰なのか尋ねたことがあるんです。そうしたら、教えてくれました。すごく懐かしそうに、一番大事な友達だって」

展覧会でこの絵が飾ってあった時、なんとなく気になって。画家本人が会場に滞在していたため、直接訊いてみたのだ。

衣笠亜紀は、うつくしく年齢を重ねた、気品の漂う女性だった。そして、とても柔和な笑い方をする人だった。若い頃の顔が似ていたとは言っても、あたしがおばあさんになった時、あんな風になれるとは微塵も思えない。

「うん。知ってるよ」熊谷さんは目頭を押さえた。

「この子、凜久ちゃんっていうんだ。本当に早く亡くなってしまったから……亜紀ちゃんの絵の中で生きていてくれた気がして、……なんだか嬉しいよ」

「………」

そうか。衣笠亜紀の『縁』の相手なら、熊谷さんが知らない筈がないのだった。

ごく当たり前のことなのに。

あたしは……残酷な現実を突きつけられた気がした。

結局のところ、誰に対しても熊谷さんは優しいのだ。

幸さんに似ているということ以外では、特別でもなんでもなく……あたしは、これまで熊谷さんが出会ってきた『縁』を持っている人たちの、大勢のうちの一人にすぎない。

なぜ、そのことで動揺するのか、よく分からない。まるで、駄々をこねる子供のような気持ちではないか。

そのタイミングで、熊谷さんが、耳を疑うようなことを口にした。

「ありがとう。……沙樹さん」

そんな言葉とともに、タブレットを返してくる。受け取りながら、あたしは思いがけないほど動揺していた。

「えっと、今、なんておっしゃいました？」

「ごめん。俺が、あなたを沙樹さんって呼んだら……駄目、かな。やっぱり」

照れくささと申し訳なさが入り交じったように——おじいさんは少し俯く。

全身が、カッと熱くなった。

そして——堪えがたいほどの怒りが湧き上がった。

「そこまであたしを、幸さんとして扱いたいんですか！」

「……えっ？」

熊谷さんは、きょとんとしているが、

「あたしは……あたしは、湯村沙樹です。あたし以外の、ほかの誰かじゃありません」

堰《せき》を切る、とはこういう状態のことを指すのか。

激昂しながらも、頭の片隅には残っている理性が、自分の状態を観察している。

あたしが泣き叫ぶ声なんて、はじめて聴いた。

なぜ、熊谷さんのことに関しては、こんなに激しい感情の起伏が起こるのだろう。

「あたしが熊谷さんにとって、幸さんの代わりであることは分かってましたけど……やっぱり、幸さんの名前で呼ばれることまでは、無理です。耐えられません」

欠点として、自覚しているつもりだった。あたしは思考にばかり頼りがちな傾向があり、過度に理屈っぽくて感情に気づくのが不得手な、非常にアンバランスな人間だ。

自分は情のない人間だと思い詰めた挙句、こんな風に偏ったのかもしれない。だから、普段から努めて、自分の心と対話するように気をつけているつもりだったが。……やはり、努力が足りなかったか。

「違うよ。俺は、……」熊谷さんがオロオロしながら、なにか言っているが耳を傾けられない。

普段表に出て来ない感情が急に噴き出すと、止めようもない濁流になることを知らなかった。どう対処したらいいのか分からない。なにしろ、これまでの人生で他人に面と向かって怒ったこともなければ、口論した経験さえもないのだ。

「そんなに幸さんがいいなら、幸さんのクローンとかつくればいいじゃないですか。あたしの中身とか、別に要らないんでしょう。じゃあ、もう帰ります」

言動が滅茶苦茶《めちゃくちゃ》だ。なんて幼稚な科白だろうかと心の隅では呆れながらも、帰ると宣言してしまった以上、もう事務局にはいられない。キャリーバッグを引っつかみ、ドアの外へ飛び出す。……まさか、二日連続でここから逃げ出す羽目になるとは予想していなかった。

熊谷さんがもし追って来ても、お年寄りの足だ。全力で走れば逃げ切れるだろうと踏み、走って、走って、やがて樹の根っこにつまずいて転んだ。膝をすりむくなんて、中学生の頃の体育の授業以来だ。

「……痛いよ」

そうつぶやくと涙が出て、三歳児みたいな泣き方をしてしまう。熊谷さん以外には、誰にも絶対見せられない姿だと思って……やっと気がついた。

信じ難いことだが――あたしはどうやら、熊谷さんに甘えていたらしい。

そのことが少し嬉しくて、少し悲しかった。

嬉しいのは、あたしにも、人と心の距離を縮めることができるのだと分かったから。

悲しいのは、それに気づくのが遅すぎたから。

もう遅いのだ。あたしは……心を許した筈の相手からさえも、逃げ出してしまった。

泣き腫らした赤い顔が、人に見せられる状態に戻るまで、樹の根元に座り込んでいた。全力で逃げたくせに、本当は熊谷さんに追って来てほしかったのかもしれない。自分から事務局に戻って、謝る勇気はないくせに。

なにもかも、はじめてだった。自分のことを打ち明けたのも、目の前で泣いてしまったのも。……はじめてだったからこそ、今までずっと抑圧されていた幼稚な心をコントロールできなかったのだと思う。あまりにも、わがままに振る舞ってしまった。

このまま帰るのは申し訳ないけれど、とても顔を合わせられない。後日、謝罪の手紙を送ろう。熊谷さんは懐が深い人だ、きっと許してくれる、と自分に言い聞かせる。終わってしまったことは、どうしようもない。だから、もう今日は帰ろう。

やっと気力が湧き、時刻を見ると——指定席を予約していた新幹線に乗るための電車には、まだ間に合いそうだった。有明さんに駅まで送ってもらえたら、の話だが。

膝の痛みをこらえつつ、キャリーバッグを引いて公園前の駐車場へ歩く。赤い軽自動車の運転席で、有明さんが心配そうな顔をして待っていた。

顔を見ただけで、彼女は察したようだった。有明さんが期待した通りには行かなかった、ということを。

……今、あたしは一体、どんな表情をしているのだろう。

「お疲れ様です。駅まで急ぎましょう」彼女は微笑んだ。そして、それ以上なにも言わずに、車を発進してくれたことは有難かった。

急ぎましょうとは言ってくれたけど、昨夜と変わらないノロノロ運転だ。法定速度を明らかに下回ったスピードではないだろうか。たまに別の車が後方から走って来ると、すぐに追い抜かれる。事故を起こされるよりは、まだマシだと思うことにする。

電車の発車時刻に間に合うことを、内心では祈っていた。

「……湯村さんは、また千里町に来られることはありますか？」

信号待ちの時、不意に有明さんが尋ねてきた。

「さぁ……どうでしょうね」と曖昧に返事をしながら、二度とこの町に来ることはないだろうなと思う。

本来の用事なら済んだ筈だ。あたしは、ただ、熊谷さんが公民館に展示したいという琴平昇さんの絵を確認しに来ただけだった。あとは熊谷さんがその計画を実現すれ

ばいいだけじゃないか。と、そこまで考えて、

（あれ……？）

……今さら、ふと疑問が湧く。

そもそも、熊谷さんはどうして、昇さんの絵を多くの人に観てもらいたいと希望しているのだろう。

自分に恋愛経験がないから、今まで深く考えていなかったが。熊谷さんが幸さんのことを好きならば、その夫の昇さんは、熊谷さんにとっては……憎い相手にならなかったのだろうか？

確かに昇さんのトキノサクラの絵は、衣笠亜紀の描いた絵と遜色ないとまでは言えなくとも、多くの人々の鑑賞に堪える作品だと思う。

……でも。いくら素晴らしい絵でも、作者の存在を頭から追い出せてしまえるものだろうか。嫉妬することはつらいものだと、あたしは先ほど自分の身で学んだばかりだ。熊谷さんが優しげな目を向けた、絵の中の少女に嫉妬してしまった。

もちろん、熊谷さんは青年のままの心も残しているとは言え、あたしのような未熟な人間とは器の大きさが違う。自分と同じレベルで考えてしまっては失礼なのだが、それでも……。

「どうかしましたか？」

考え込んだあたしの様子に気づいたらしく、運転中の有明さんが訊いて来る。彼女がどこまで事情を知っているのか分からないが、琴平昇さんの絵のことを尋ねてみると、

「あぁ、公民館に飾る予定のトキノサクラの絵ですね」

……知らないわけがなかった。有明さんは、ボランティアとはいえ、熊谷さんの助手のような存在である。

「なんで、その絵を今になって飾るのか、ご存じですか？」

「できるだけ、トキノサクラを消さないためだって、熊谷さんはおっしゃってます」

「……は？」話がまったく見えなくなる。

「トキノサクラの姿が年々薄くなっているのは、湯村さんも聞かれたんじゃないですか？　実際ご覧になっているわけだし」

「ええ、知っています。そういえば、薄れた理由までは訊いていませんでしたが」

本当になぜ、あたしは熊谷さんにその質問をしなかったんだろう。ほかに頭を悩ませることが、あまりに多すぎたというのはあるけれど。

「はっきりした理由は誰にも分かりません。

ただ、この国で、かつてないほど桜が減少し、お花見の習慣も廃れ、桜を愛する日本人が少なくなってしまったことが関係しているのではないか、というのが、熊谷さんと水上先生の出した仮説でした」

「えーと、水上先生って、どなたですか？」

「トキノサクラを研究していた例の学者です」

……あぁ、分かった。衣笠亜紀の彼氏（噂が本当なら）……のことか。

「現代人は桜に対して特別な思い入れを持っていないので、ピンと来ないですけど、かつての日本人にとっての桜は、出会いと別れ、生と死など、さまざまな相反する意味を象徴した花だったそうです。それも、桜への思い入れの深さゆえだったかもしれません。

『花』という言葉自体が、花全般ではなく桜を指して言われることもありました。今でもお花見と言えば、ほかの花ではなく、桜を見る意味に限定されるでしょう？国中の人々から、ただ一種類の花が特別視されていたんですよ。トキノサクラは、日本人の桜に対する愛情や夢想や憧れ、そうした想いの結晶なのかもしれません。桜という花だからこそ、あのような奇跡の存在を生み出せたのではないかと」

あくまでお二人の想像ですけどね、とつけ加えつつも、有明さんは続ける。

「また……水上先生によると、過去の伝承のどこを探しても、トキノサクラが半透明だという記述は見つからなかったそうなんです。ずっと昔のトキノサクラは、透き通っていなかったのではないかと考えられます。

もしかしたら、人々がトキノサクラの奇跡を信じているかどうかも、その存在の力に関係しているのかもしれません。

トキノサクラの伝承は、古い時代には多くの人々の間で現実の話として伝えられていたそうです。しかし、時代が下り、科学が進歩するほど、人々は非科学的なものの存在を認めなくなります。それにつれて、トキノサクラは薄れて来たのではないか、とも水上先生は推測していました。

桜を愛する人々がさらに少なくなり、また、トキノサクラの存在を信じている人もいなくなる日が来たら……その時こそ、トキノサクラは、完全に姿を消してしまうのではないでしょうか」

「………」

その仮説が本当かどうかを確かめるすべはないだろうし、センチメンタルな想像にすぎない可能性もある。でも――あの透き通った樹を構成しているものは、普通の物質では有り得ない。古代からの多くの日本人の、桜への思念によって生み出された樹だという想像も、あながち外れていないかもしれない。

「つまり熊谷さんは、トキノサクラの絵を多くの人に観てもらうことで、桜に対する人々の想いをよみがえらせようとしてる、ということですか？」

「水上先生の研究によれば……ずっと昔の守り人たちは、トキノサクラ以外にも普通の桜を沢山植えることで、人々の桜への想いを強めて、トキノサクラの存在の力を保持するようにしていたらしいです。熊谷さんも、水上先生に聞くまで、ご存じなかったそうですけど」

……その研究者は、熊谷さんにも伝わっていなかった過去の情報を、どうやって調べたんだろう。過去の守り人たちの仕事を引き継いで、幸さんが千里の山々に多くの桜を植え続けたのだとしたら、一応辻褄は合うけれど。

「今の時代では、あらたに桜を植えることは難しいです。町から出ている予算では、公園の現状維持と、熊谷さん一人が食べていくお金だけで、かつかつですからね。

だから、桜を植える代わりに、トキノサクラの絵を公開して多くの人に観てもらおう、と熊谷さんは思いついたんです。千里町の中には、トキノサクラの存在を知っている方もまだ残っていますから。その方たちに観てもらえば、あるいは、少しでもと。……もし熊谷さんたちの仮説が本当だったとしても、どのくらいの効果があるものか疑わしいと、私さえ思いますが」

有明さんは、寂しそうな顔をした。

「熊谷さんは……トキノサクラが消える時、自分の命も終わると考えているようです。でも、あの方は決して、自分が死ぬことが怖くてトキノサクラを復活させようとしているわけではないと思います。

あくまで、千里の山々を守るためなんです。それも、できれば、昔のようにご自身の手で……と」

しばらく有明さんの言葉の意味を考えた。常識外の想像を筋道立てて考えることには、やはり、あたしにとっては相当のエネルギーを必要とするが……しかし、人間とは順応の早い生き物だ。昨日は熊谷さんの年齢を聞いただけで逃げ出してしまったくせに、今のあたしは、頭を痛めつつも、一応この話について来られている。

「もしかして、熊谷さんはトキノサクラが復活したら、自分自身も若返ることができる、と思ってるんですか？」

お年寄りになってしまった熊谷さんが、ふたたび自身の手で千里の山々を守るには、それしかないかもしれない。

「トキノサクラが薄れるにつれて、自分の肉体的な老いも進んできたような気がする、とおっしゃってましたから……その可能性を考えておられるようです。まあ、あの方の老いの進行を緩やかにして来たのは、トキノサクラとしか考えられないですからね。かつての力をトキノサクラが取り戻せば、有り得ない話ではないと思いますが」

若返る、ということは多くの人間にとっての究極の夢の一つだろう。

それは、かつて叶えられなかった願望を実現させたいとか、仕事や勉強をやり直したいとか、昔の健やかな肉体を取り戻したいとか、さまざまな望みが絡みついた上での夢ではないかと思う。

でも、熊谷さんは。この仕事をうしなったら、俺にはもうなにも残らないんだよと言っていた。本当に、桜を守る仕事以外のなにも望んではいないように思える。若返りたいと願っているのも、すべてはトキノサクラのためなのだろう。

そこまでして——幸さんとの約束を守りたいのか。

「……湯村さん？　大丈夫ですか？」

有明さんが驚いた声を出す。

「なんでもありません。すみませんが、運転に集中してもらえますか」

「でも……」

困惑されても仕方ないのは分かる。……もう止まったと思っていた涙が、また頰に転がり落ちてきたのだから。熊谷さんの前ならともかく、ほかの人の前で泣きたくなかった。

と。有明さんが――

「熊谷さんのことなんでしょう。……話してください。話してくれないなら、私、もう動きません」

また、車を停めてしまった。昨夜とは違い、一応歩道側には寄せてくれたけれど。

……これは困る。ただでさえ、もう電車の出発時間にはいくばくもないのに。指定席をとった新幹線に間に合わなくなってしまうではないか。

溜息をつく。観念して、少しだけ話した。

あたしは、熊谷さんが百五十年も片想いしている女性の子孫であり、その女性……幸さんに似ているがゆえに、代わりの存在として扱われたこと。一方で、あたしは熊谷さんの優しさに、精神的に依存してしまい、幸さんの代わりにされることが耐えられなくなったこと。

「昨日、有明さんは、あたしと熊谷さんのあいだに『縁』が結ばれているのではないかと言ってくれました。今は正直、そうだったら、どんなにいいだろうって思います。

でも、『縁』だとしても、一体どういう『縁』なのか分かりません。熊谷さんの心が青年だとしても、仮に、本当にこの先、あの方が若返ることがあったとしても……恋愛感情を持つことはできないと思います。熊谷さんが、誰にでも優しいことに対しては苦しくなってしまうくせに、熊谷さんが幸さんを愛していること自体には、嫉妬、できないですから。

ただ、……熊谷さんは、あたしを、ほかの誰とも違う湯村沙樹という人格を、まるごと受け容れてくれた気がしました。だから、あたしという人間を、ほかの誰かと同一視されるのは、どうしても我慢できなかったのだと思います」

いざ言葉にしてみると、すんなり自分の気持ちを引き出すことができて、あたしは軽く驚いた。こうしたことも、はじめての経験だ。さっき、あたしが熊谷さんに泣きながら訴えたかったのは、こういうことだったのか。

あたしが幸さんに嫉妬心を抱くとしたら、熊谷さんに特別に扱われたいという分不相応な願望のせいだ。

話を聞き終えると、有明さんは車をやっと進めてくれた。

「駅、実は、すぐそこなんです」

地元の住民だけあって、近道を選んでいてくれたようだ。目の前にあった細い道を曲がると、見覚えのある寂しい駅前の風景が見えてきた。……ここに到着したのがほんの昨日だということが、どうしても信じられない。千里町で過ごした時間は、なんと濃密だったのだろう。

昨日と違うのは、周辺が無人ではなく、駅舎へと向かう親子連れの姿があったことだ。今日は日曜日だし、いい天気だし。さすがに駅の利用者はゼロではないか。

「私は、信じられないですよ。熊谷さんは、そんな方じゃありません。……いくら、その幸さんという方に長年恋い焦がれていらしたとしても、別の人格である湯村さんを、その方の代わりにしたなんて」

駅舎の前に車を停めてくれた有明さんが、下を向いてつぶやく。

なるべくさばさばした口調に聞こえるように努力しながら、答えた。

「いいえ、あたしが悪かったんです。幸さんの代わり、ということを言い出したのは、あたしの方でした。長いあいだ孤独を味わってきた熊谷さんの心を少しでも慰められるなら、それでいいって最初は思ったんです。

でも、そんなのは間違った考えでした。あたしが自分の感情に鈍いから、こうしたどうしようもない事態を招いたんです。

……お世話になりました。熊谷さんによろしくお伝えください。失礼します」

そして。軽自動車から降りる。遠くから、踏切《ふみきり》の警報機の音が聞こえた。……もうすぐ電車がやって来る、急がなければ。

帰ろう。あたしの日常に。無機質で、感動がなくて、人との距離が遠くて、だけど安定した、当たり前の世界に。やっぱり、あたしのような融通のきかない人間は、常識的な場に身を置いて生きるべきではないのか。透き通った桜とか、青年の心を宿した百六十歳の老人とか、そうした存在はすべて一夜の夢だったと思えばいい。非日常的な世界は、小説の中だけで充分だ。

この町での出来事を振り切ろうと、あたしはかぶりを振る。そしてキャリーバッグを勢いよく持ち上げて、一気に駅舎前の石段を登る。……すると、

「どうしようもないなんて、まだ決めつけないでください！」

背後から、有明さんが叫んでいる。

振り向くな、あたし。振り向いちゃいけない。

「トキノサクラの、『縁』を結ぶ力は、時を超えるんです！」

駅前で変なことを叫ぶから、先に駅舎に入った親子が不審そうな目でこちらを振り向く。まったく、困った女性だ――

「湯村さんが幸さんの代わりではなくて、今まで、幸さんが、湯村さんの代わりだったのかもしれません!!」

そんな、馬鹿な。

幸さんは、戦災孤児だった熊谷さんを助けた恩人なのに。百五十年の片想いの相手なのに。熊谷さんにとっての本当に大切な人を、否定できるわけがない。

……でも、過去はそうだったとしても。

あたしだって昨夜、強く願った筈だ。熊谷さんの本当の『縁』の相手は、ほかに存在していてほしいって。

今の熊谷さんに、誰かが安らぎを与えてくれるようにと祈った。

どうして、あたし自身が、その誰かであろうとしてはいけないのか？

いよいよ電車が近づいて来た。あたしは、自分の考えたことに内心で狼狽《ろうばい》する。あまりにも現実性に欠けた思考だ。……明日からまた会社なのに、熊谷さんの傍にいられるわけがない。足を止めてはいけない。プラットフォームを駆ける。

電車のドアが開く。車内に足を踏み入れる。かすかに暖房で淀《よど》んだ空気に包まれる。

その途端に、臓腑《ぞうふ》をねじ上げるような違和感が、体内に生じた。

これでいい筈なのに。あたしは、あたしの日常に帰ることを自ら選択した筈なのに。

「……分かりましたよ」

口の中でつぶやいた。これ以上、自分の感情を無視していたら、さっきと同じような精神の決壊をまたどこかで迎えかねない。誰かの前で三歳児のように泣き喚《わめ》くのは、もう絶対にごめんだった。

でも……一体どういう名目で、熊谷さんの傍にいればいいのだ。この先なにがどうなろうとも恋愛感情は持てないだろうし、血が繋がっているわけでもないし……。

——言葉で定義づけられない感情だって沢山あると思わないかい？

不意に、熊谷さんの言葉が耳の中でよみがえる。

感情はもともと、言葉でも定義し切れない不定形なものだと、昨日彼に語ってもらったばかりではなかったか。

気持ちを言葉で定義できないからといって、激しく生じた心の熱を、存在しないものとして無視してはならないのではないか。それに……。

——本当は俺たち、言葉の方が先行して、心を縛っているのかもしれないよ。

幸さんの代わり、という言葉に縛られたのは、あたしの方ではなかったのか。

そこまで思い至った瞬間、背後で、容赦なく車両のドアが閉じる音がした。

静かになった管理事務局の隅の、薄緑色のソファに。

今も——青年の心を宿した老人は、腰かけたままだった。

押し黙って、指先まで微動だにせず。


やがて、小さく、小さく、口の中でつぶやく。

もうこんな気持ちを味わうことはないと思ってた、と。

彼は先ほどまでより、ずっと老け込んでしまったように見えた。背中を丸めて、表情を茫漠《ぼうばく》とさせているせいか。

ちょっとでも時間が空けば、なにか仕事をせずにはいられないと言っていた男が、すっかり放心して座り込んでいる。

やがて皺だらけの両手で顔を覆って。弱々しく、肩を震わせて。

百五十年生きたくらいでは、人は成長しないものだ、とまた独りごちる。

もう、俺は、置いて行かれるということだけは……

この人生の中で、二度とないと思ったのに……。


さきさん……。

「……はい」

やっと、返事をできた。……幸さんを呼んだのか、あたしが呼ばれたのかは判然としなかったけど。

「…………？」

熊谷さんが顔を上げて、焦点の合っていない目をあたしに向ける。

「ごめんなさい、あたし、さっきからここにいたんですけど……どう話しかけていいのか分からなくて」

耳が遠くなったと言っていたが、聴力が低いのは本当なのかもしれない。すぐ傍まで歩み寄っていたのに、足音には全然気づかれなかった。

声をかけようにも、ほんの短いあいだに、あまりにも熊谷さんが憔悴《しょうすい》していたから……あたしは、言葉をうしなって立ちすくんで。つい、熊谷さんの独り言を全部聞いてしまった。

この人は——あたしのことを……そこまでも？

なぜだろう。いつからだろう。あたし、迷惑ばかりかけたのに。

……だけど。あたしは本当に、幸さんの代わりではなかったらしい。

考えがまとまらないような顔で、ぽかんとあたしの顔を見つめていた熊谷さんは、やがて、はっとしたように声を上げる。

「沙樹さん、いや……湯村さん。帰りの切符は指定席だったよね。まだ、時間は大丈夫なのかい？」

のどが詰まったようなか細い声で、そんなことを訊いてくれるから、

「……ふふふ」

笑うべき場面ではないけれど。まず、なにより先に、あたしの帰りの切符のことを心配してくれた熊谷さんのことが、可笑《おか》しくて、可笑しくて、……嬉しくて。

まったくもう、この人ときたら。

「いいんです、熊谷さん。……沙樹でいいんですよ」

人をいとおしいと思う気持ちがどんなものか、はじめて分かったような気がする。

熊谷さんの正面に向かい合い、床に膝をつき、まっすぐに目を合わせた。

「切符だって、もういいんです。明日からのことは、後でなんとかしますよ。それよりも、今、伝えたいことがあって戻って来ました。

……あたしは、あなたを置いて行ったりしないです」

老人であり、青年でもあるこの人のことを、どんな風に想えばいいのか、いまだ答

えは見つかりそうにない。

でも、あたしという人間をまるごと受け容れてくれた人に、穏やかに愛情を持つことなら、こんなあたしにもできるのかもしれない。その愛情に、まだ確かな名前をつけられなくても。

「まだ、自分の感情の扱い方がよく分からなくて……だから、突発的に逃げちゃうことはこれからもあるかもしれませんけど……でも、何度逃げ出したって、絶対に帰って来ます。……あなたの許に」

実を、言えば。

電車のドアが閉まってから。間違って乗りました、降ろしてくださいと運転席への扉を激しく叩きまくり、発車を妨げてしまった。運転手にこっぴどく怒られた上に、ほかの乗客からいろいろな温度の視線を浴びたが、最終的には希望通りプラットフォームにふたたび降ろしてもらうことができた。

駅舎を出ると、有明さんは、まだ駅前に車を停めたまま待っていてくれていた……。

自分の行動が、自分でも信じ難かった。他人を怒ったこともなかったけど、他人にひどく怒られたのもはじめての経験だった。

乗客数の少ないローカル線だから、怒られただけで許してもらえたのかもしれない。

迷惑だし、危ない行為なのは、注意されなくても分かっている。あたし、もう有明さんの非常識な運転に文句を言える立場じゃないかもしれない。

だけど。

多分、このような無茶なプロセスでも経なければ、あたしのような屈折した人間は、決して今までの自分を壊すことはできなかっただろう。きっと、これから、数えきれないほどのはじめての経験が待っている。あたしは今日、やっと、この世界に生まれることができたのだから。

「で、でも」熊谷さんはとても信じられないという顔をしている。「それは本当に、あなた自身の意志なのかい……？」

その質問には、今は答えず。彼の両手を取り、そっと力を加えて……熊谷さんをソファから立ち上がらせる。

「ねえ。今から一緒に、トキノサクラを見に行きませんか？」

もう外では、少しずつ日が暮れはじめていたので。

トキノサクラが仄《ほの》かに発光していることは、昼間よりも明らかに見て取れた。

熊谷さんにはじめて逢ったのは、この樹の下だったと思い出す。

最初に来た時は、なぜ、時間に追われるようにして立ち去ってしまったのだろう。この桜を見上げるよりも大切なことが、一体、世界のどこに存在し得るというのか。

古来から、多くの人々が、ここでかけがえのない大切な人に再会することができたのだ。時を超えて、生死すら超えて。

それがどんなに素晴らしいことだったのか、今なら分かる。その奇跡の力を、あたしたちの時代で滅ぼしていい筈がない。

「……守りたいです」

長い時間、熊谷さんの隣で無心に桜を見上げたあとに、こんな科白が口をついた。

「もともと、それはあたしの家の仕事だったんだし……あたしも、なりたいです。熊谷さんと同じ、トキノサクラの守り人に」

「沙樹さん……」

「桜を植えましょう」と、あたしは言った。

そして、夕闇がしのびより、うっすらと半月がにじんだ空を仰ぐ。思いきり泣きたいような気持ちと、思いきり笑いたいような気持ちを解き放つようにして、言葉を重ねていく。

「きっと、不可能じゃないと思うんです。この町には、まだトキノサクラを覚えている人たちがいるんですから。あたしと熊谷さんだけじゃなくて、皆さんの力を少しずつ借りましょう。

昔の日本人と桜の関係は、あたしには分からないですけど……でも、桜がなくなったから、この町はこんなに元気をうしなってしまったのではないでしょうか。

あたしも、見てみたいです。熊谷さんや幸さんが大切にしてきたのと同じような、千里の山々に広がる、一面の桜の風景を。

長い冬を耐え忍んだら、春に桜が咲くように……長く苦しんだからこそ享受できる幸せが、未来には待っていてくれると信じられなければ……人の心って、どんどん枯れていっちゃうのかもしれません。たとえ単純であっても、幻想かもしれなくても、いつか訪れる春を信じるためのシンボルが、きっと、あたしたちには必要なんです。

そして、あたしは……あたし自身は、熊谷さんにとっての、そうした桜のような存在になれたら……とても嬉しいです」

「……だけど」幽《かす》かな、幽かな花明かりの中、熊谷さんはなおも問う。「あなたは、それで本当に幸せになれるのかな。同情なら、やめた方がいいよ。俺……本当に桜を守る以外、なにもできない男だし。一緒にいて楽しい人間ではないと思う」

あたしも、空っぽの人間だったから、分かるような気がする。

幸さんが桜を植え続けた理由が、昇さんのいない寂しさをまぎらわすためだったとしたら、熊谷さんが桜を守り続けた理由は、きっと、自分にはなんにもないという真空のような虚無感に耐えられなかったからだ。仕事をまっとうしなければ、自分には存在価値がないのだという崖っぷちに、ずっと立たされていたからだ。

まず第一に相手のことを考える、熊谷さんだから……支えられた人や、救われた人も数多いだろう。彼を尊敬している人も少なくないかもしれない。その実、誰も気づかなかったのだと思う。トキノサクラの守り人の背後で、ずっと一人ぼっちのままになっていた、焼け野原に立ち尽くす孤独な少年に。

その少年ほどではなくとも、あたしも、ずっと空っぽだった。

でも、空っぽだったのも、悪いことばかりじゃない。

空っぽだったからこそ、あたらしい可能性に直面した時、それを全力で摑むことだってできるのだ。

「ゆっくりで……いいです」あたしは、熊谷さんに歩み寄り、その両手をもう一度握った。沢山の仕事をしてきた——仕事しかしてこなかった、老いた手を。

「どんなにゆっくりでもいいから、桜を守る以外のこともしなくちゃ駄目ですよ。せっかく生まれて来たのだから……。

あたしも、そうです。もう一度、生き直したい。……あなたと、一緒に」

どんなに、ゆっくりでもいい。きっと、あたし自身も。

定義できない心は、言葉にならなくても、絵に描くことができなくても。

これからの己の生き方で、体現させていけばいい。


やがて空には星々が現れ、その輝きと、花明かりとの区別がつかなくなる。

すぐにでも消えてしまいそうなほど、うっすらとした花の色。……でも、この上なくうつくしい絵巻物のような、豪奢《ごうしゃ》な桜の許で。

いつまでも動かない二人のシルエットが、なぜか、あたし自身にも見えたような気がした。

光る花びらが連綿と舞い続ける。

その風の先になにがあろうとも、あたしは——ここで生きて行こうと決めた。

第五話　そして、桜色の約束

――繰り返し夢に見る、同じ町の風景があるの。

――現実には行ったことのない、見覚えのない場所なのに。なぜか、夢の中ではきちんと道順を知っていて、自在に歩き回っているのよね。

以前つき合っていた、大学の後輩がそんな話をしたことがあって……ああ、僕も同じような夢を見てるな、とその時はじめて自覚した。僕だけではないということは、きっと、たいして珍しい現象ではないのだろう。

彼女の話と違うのは――夢の中で僕はいつも、同じ町を駆け回りながら、必死になにかを思い出そうとしていること。その夢を見る頻度も、決して低くない気がする。

いつも、目が覚めたらすぐに忘れてしまうけど。

だって、夢は夢だ。気にするほどのことではない。

……どうせ夢に見るなら、トキノサクラを見てみたいんだけどな。

「……よっと」

遠くに海を望める、プラットフォームに降り立った。

絶好のお花見日和で、陽ざしもぽかぽかと暖かい。きわめて大事な用件を控えているにも拘わらず、つい電車の中でうたた寝してしまい、あやうく乗り越すところだった。あぶない、あぶない。

小さな駅だが、同じ電車から降りた乗客は決して少なくなかった。まだ朝も早いというのに……。駅員が改札で切符を回収しているけど、駅舎内の寂れ具合から、普段は無人駅なのではと見受けられた。今日が特別な日なのだろう。

駅前には町営バスが停まっていて、係員が「千里自然公園に行かれる方、こちらをご利用ください」と声を張り上げている。町内地図の看板も、駅のトイレも磨き上げられたようにピカピカだ。周辺の小さな商店では、「おみやげ」という文字を染め抜かれた幟《のぼり》が風にそよいでいる。気合が入ってるなぁ、と僕はのんびり思った。

桜はまさに満開のシーズンだし、折しも日曜日。きっと、この田舎町が一年でもっとも賑《にぎ》わう日ではないだろうか。

千里町。この地方ではトップクラスの桜の名所を誇る町。

ただ、それ以外に見るべきところがなにもない町でもある。

僕としては、できるだけ歴史的に由緒ある場所を巡りたかったので——その方が、トキノサクラの見つかる可能性が高いのではと思っていたし——一葉神社など、ほかの花見場所を優先していて、今日まで一度も訪ねないままでいた。一昨日、千里自然公園ではなく、桜の本数が少ない青葉公園の方を訪ねていたのは、単にほかに巡る桜の名所のルートとの兼ね合いの問題である。

あの娘《こ》に会うことができなければ、千里町は後回しにしたまま足を踏み入れなかったかもしれない。不思議な幸運に、感謝をおぼえずにはいられない。

ところで、あの娘——衣笠亜紀ちゃんの家に行くには、どこのバス停で降りたらよかったんだっけ……。昨日電話でバス停の名前を教えてもらったにも拘わらず、うっかりメモを取り忘れていた。記憶にも残っていないが、時間は打ち合わせた通りだし、バス停まで迎えに来てくれると言ってくれたし。大丈夫だろう。多分。

バスに乗り込む前に、愛用のカメラを構える。遙かな山々に広がる一面の桜が目に入ったので。まずは、ここから撮影開始、と。

優美な桜色の帯が山々を覆っている。これほど遠くから見ても、見事な眺めだ。吉野山《よしのやま》みたいな有名どころには、さすがに遠く及ばないにしてもさ……宣伝さえうまくおこなえば、この町だって、もっと沢山のお客さんを呼び込めてもおかしくないのに。全国津々浦々の花見の名所を回ってきた僕がそう思うんだから、間違いない。

しかも、あの桜たちの中に、ずっと探し求めてきたトキノサクラが実在しているのだとしたら。いくら僕がのんき者であっても、興奮で眠気なんか消し飛んでしまうよ。

そして、ファインダーを覗いた瞬間、最初の違和感がやって来た。

……以前にもあの山々を見たことがある、だろうか？

まぁ、でも。桜の名所であれば、僕がなんらかの資料で風景写真を目にしている可能性は有り得るか。――そう考えて、とりあえず自分を納得させていた。

（あれ？）

ふと気がつくと、僕は千里町の住宅街を歩いていた。写真を撮った後、バスに乗った筈なのにと首を傾げる。

でも、問題ない。むしろ僕は運賃を浮かすために歩くべきだ。いい年をして夢を追いかけている分、せめて一円でも節約しなくちゃ。

バスに乗る必要は、最初からなかったのだ。昔と比べると建物は格段に増えていて、景色はすっかり様変わりしたけど。それでも、方向は大体分かるから。道は入り組んでいたものの、迷いはなかった。

……緑町は、こっちだ。


「――次の停留所は、緑町一丁目です」

車内のアナウンスで目が覚めて、僕は軽く慌てる。おっと、このバス停で降りるんだった。

今度はバスの座席で寝てしまったようだ。眠気は消し飛んだと思ったのに。

しかも夢まで見たような気がする。……なんだっけ、バスに乗らずに町内を歩いていた夢？　変なの。道順なんか調べてないのに、徒歩で行けるわけないだろ。

手に馴染んだぼろぼろの鞄《かばん》とカメラを忘れずに、下車する。運賃箱にコインを落としながら、なんだか、もったいないことをしてしまった気がした。

そして、ふぁ〜あ、と欠伸《あくび》をしながら歩き出す。確か、彼女の家はこっち……。

「水上さん！」

聞き覚えのある少女の声で、我に返る。

目の前の四つ辻《つじ》の角から、亜紀ちゃんが一生懸命走って来ていた。ふわふわの白いベレー帽や、春らしい若草色のスカートが可愛い。

「ごめんなさい、遅れちゃいました。うっかり、絵の具塗るのに夢中になってて」

「あはは、全然大丈夫だよ。そんなに急がなくてよかったのに。今日も絵を描いてたの？」

「……はい。さっき凜久が呼んでくれなかったら、まだ待ち合わせの時間を過ぎたことにも気づいてなかったかも。本当にすみません」

亜紀ちゃんは申し訳なさそうに頭を下げる。

「凜久ちゃん、今も亜紀ちゃんの傍にいるのかい？」

「いいえ。凜久、水上さんに会うならやめとくって……一緒に来なかったんです。ごめんなさい、本当にすごく人見知りな子で」と、ますます申し訳なさそうに、亜紀ちゃんは言う。「……凜久の姿は水上さんには見えないのに、恥ずかしがることないんですけどね」

この少女とはじめて出会ったのは一昨日の青葉公園だ。トキノサクラの守り人の末裔という可能性があるだけでも、亜紀ちゃんは僕の研究にとって重要な存在だと思っていたけど。今や、それだけではなくなっていた。

彼女は、本当にトキノサクラの許で、亡くなった友達と無事に再会できたという。昨日はずっと二人で、町内の公園、雑木林や海岸など、昔遊んだ想い出の場所を巡っていたそうだ。そして日が暮れてから、亜紀ちゃんは約束通り、僕の携帯に連絡をしてくれた。

高校を卒業した後の進路として、亜紀ちゃんは、東京の美大に進学を志望しているとのこと。無事に合格できれば、再来年の春に千里町を離れることになるだろう。だから、来年までは桜のシーズンを二人で過ごそう、と相談して決めたそうだ。

いくら親友同士であっても、生者と死者だ。いつまでもは一緒にいられない。これから凜久ちゃんは天国に行って、やがては生まれ変わり、あたらしい人生をスタートさせることになる。それは、凜久ちゃん自身が決意したことだそうだ。亜紀ちゃんも、彼女に生き直してほしいと望んでいる。

それに、二人の『縁』は本物だから、きっと生まれ変わっても、またどこかで出逢

える って。亜紀ちゃんと凜久ちゃんは、そう信じている。

でも、その前にもう少しだけ、凜久と最後の想い出をつくろうと決めたんです、と昨日の電話で亜紀ちゃんははにかむように言っていた。

考えてみれば。一昨日の青葉公園でも、凜久ちゃんは、亜紀ちゃんと一緒に僕の近くにいたことになる。……実際、凜久ちゃんの姿が僕に見えていたとしても、そんなに人見知りでおとなしい子なら、存在に気づかなかったかもしれないけど。僕って、興味の対象以外には注意力散漫だし……。

ともかく。こんな話を実際に聞いて。驚きもせずに「ああ、やっぱり伝承は本当だったんだ」とあっさり納得して受け容れている僕は、やはり普通ではないのか。トキノサクラにまつわる文献の読みすぎかもしれないが、こんな状況は珍しくない——という声が、心のどこかから聞こえている気がする。

そんなことより、違和感をおぼえるべきことは別にあった。

亜紀ちゃんは、バス停にはまだ辿り着いていなかった。なぜ僕は、下車すべきバス停を判断できたのだろう。完全に失念していた筈なのに。

まぁ、昨日の電話口で聞いた地名が、車内のアナウンスとともに記憶からよみがえったのだと考えれば、一応説明がつく。……でも、亜紀ちゃんの家の方向までもが分かった理由は？

デジャ・ヴュ。そんな単語が、ようやく脳裏に浮かぶ。多分、今はじまった感覚ではない。一昨日、青葉公園で、亜紀ちゃんの姿に目が吸い寄せられたのだって……スケッチに興味があったのも、彼女の独り言が気になったのも嘘じゃないけど……本当は、なにか、懐かしくて――

亜紀ちゃんが冗談めかして言ったように、運命の相手というのとは、少し違うかもしれないが。つーか、僕の年齢で女子高生に手を出したら、さすがにまずいだろ？

いろんな意味でさ。

だけど、あの時。……はじめて会った娘だとは思えなかったのも、事実だ。

亜紀ちゃんの家にはすぐに到着した。こぢんまりした、赤い屋根の二階建て。庭には色とりどりの花が植えられている。

千里自然公園を訪ねる前に、お宅にお邪魔することになっていた。彼女のひいおじいさんが描いたという、トキノサクラの絵を見せてもらいたかったからだ。

残念ながら、僕自身は、本物のトキノサクラを観察できない可能性が高いだろう。

自分に『縁』で結ばれた相手がいるとは考えにくかった。大切な人を亡くした経験は、まだない。人としては幸いなことだが、研究者としては残念なことだ。

別れと言えば……失恋くらいならあるけど、それは『縁』にはならないよね。悲しいけれど、振られた相手には、もう二度と大切に想われることはないんだから。……うぅ、心の古傷が痛い。どうせ僕は、将来性を感じられないって理由で、年下の彼女から捨てられた男なのさ。

ともあれ、亜紀ちゃんにトキノサクラの場所まで案内してもらっても、僕には実物が見えないなら。せめて絵だけでも観て、瞼に焼きつけておきたかった。

その絵は、貴重な資料だし、できれば写真も撮らせてもらいたい。なにしろ作者は、本物のトキノサクラの守り人かもしれないのだ。それが事実だとしたら、僕にとっては大発見である。亜紀ちゃんは知らなくても、このお宅に、桜に関する資料に混じって、守り人に関する記録が残されている可能性すら出てくるし。

また、研究のためだけではなく、亜紀ちゃんのひいおじいさんの絵そのものに興味があるのも本当だった。

一応僕だって、過去に別の人生の分かれ道を選んでいたら、画家を志していたかもしれない人間である。今では絵筆は執らなくなってしまったけど、絵画作品を見る目はそれなりに養っていたつもりだ。

まだあどけなさの残る、この少女が持つ絵の実力は、括目に値するものではないか。画才が、血筋によって受け継がれたものなら……。

「どうぞ、上がってください」亜紀ちゃんが玄関のドアを開けてくれる。

「お邪魔します」

あまり、よそ様のお宅訪問をしたことがないし、礼儀作法が分からないな……とか考えながら、しゃがんで靴ひもをほどく。下駄《げた》箱の上に飾ってある小さな風景画は亜紀ちゃんの作品だろうか。思わず覗《のぞ》き込《こ》みたくなるが、そんな暇はなかった。

「ようこそ、おいでくださいました」

亜紀ちゃんのお母さんが出迎えてくれた。おっとりとした話し方で、優しそうな女性だ。それに美人で、すらっとしている。胸元にブローチとかつけてるし。いかにもおばちゃんという風体の、僕のお袋とは大違いである。

「トキノサクラを研究されている方なんですって？　うちの家系以外にも伝わっているお話だって、私たちもはじめて知りましたよ」

「ええ、そうなんです。よろしくお願いします」とか適当に挨拶して、さっそく絵を見せてもらうことになる。……いよいよだ。あまり緊張しない性質《たち》の僕だけど、さすがに胸が高鳴って来た。

亜紀ちゃんに通されたのは和室だった。まず、手前のお仏壇が目に入る。トキノサクラの守り人だったかもしれない、亜紀ちゃんのご先祖様だ。礼儀に疎い僕ですら、畏敬の念が生じて来る。お仏壇を、拝ませてもらってもいいだろうか。だけど。それ以上思考を続けることが、できなくなった。お仏壇の前に立った途端、時間や空間の感覚が、奇妙にねじれて行くような気がして来て。

僕がこの仏様を拝むことは……とてつもなく「変」なことだという警鐘が脳内でガンガン鳴り響いた。理屈ではない、第六感。それを信じるなら、僕は今、なにか絶対にあってはならないような現実に直面しているらしい。

「水上さん、どうかしたんですか。ひいおじいちゃんの絵はこっちですよ」

亜紀ちゃんが僕のシャツの袖をひっぱった。そうだ、トキノサクラの絵が目的だった筈なのだ。

気力をふりしぼって、僕は、亜紀ちゃんの示す方向へと視線を向けた。そして、ついに問題の絵を目にして——脱力する羽目になった。

……なんだ、期待して損した。

これ、僕の描いた絵じゃないか。

次の瞬間、

「————!!」

吐き気がこみあげる。

本当は忘れていたのではなかった。

たびたび夢に見ていた。

そのくせ、心の薄皮一枚で、現実の記憶と隔てていた。

トキノサクラにまつわる文献を読むたび、

書かれている知識の大半を、僕がすでに知っていることも、

分かっていたくせに、認めようとしていなかった。

あの花が半透明だったことさえ、思い出そうとすれば、できた筈なのに。

だって僕自身が……トキノサクラの守り人だったんだから。

サクラ、サクラ、サクラガサイタ。

ススメ、ススメ、ヘイタイススメ。

皮肉にも、桜の季節に出征することとなり、

誓いとともにあなたに渡した、桜色の絵の具——

ああ。
一刻も早く思い出さなくてはならなかったのに。
ずっと、あの樹の許で、あなたを待たせているのに。
なぜ、夢の記憶を抑圧し続けていたのだろうか。
常識では有り得ないと考えていたからか、
それとも、戦場と、死の記憶を、封印しておきたかったからか。
私は、なにがあっても、あなたの許に帰ると約束していたのに……。

「水上さん、どうされたんですか。顔、真っ青ですよ」

……気がつくと、亜紀ちゃんが、畳に膝をついた僕の背中をさすってくれていた。

全身から汗が噴き出している。暑いんだか、寒いんだか、さっぱり分からない。

それにしても、この娘。はじめて会ったとは思えなかったのも道理だったと納得する。……あなたに、顔立ちがよく似ているんだね。

肩でゼイゼイと息をしながら、つい、つぶやかずにはいられなかった。

「つまり、亜紀ちゃんは……僕たちの曾孫にあたるのかな？」

「え？　なんて言いましたか？」

亜紀ちゃんは首を傾げた。……まぁ、聞き取れたとしても、なにかの聞き間違いだと思うだろうな……。

当分のあいだは、自我を統合し直すのに大変な思いをしそうだと苦笑いしながら、どうにか立ち上がった。

まだ視界がぐらぐら揺れている。だけど、もう心は決まっていた。

「……ごめんね、亜紀ちゃん。後で説明する。責任持って、全部ぶっちゃけるよ。だから、今は待っててくれないか」

「え？　え？」

思わず、少女をぎゅっと抱きしめる。

この娘は、僕とあなたが愛し合った証とも言える血筋を引いている。僕は、あなたとのあいだに生まれた子供さえ、この腕に抱いたことが一度もないのだ。身内への愛情なんだから、犯罪じゃないぞ。……いや、今の僕と直接血が繋がっているわけじゃないから、やっぱり女子高生にハグはまずいかな？

だけど、それ以上なにも説明できる気持ちの余裕はなく、鞄もカメラも手に取らず、和室を飛び出した。廊下には、コーヒーと茶菓子をお盆に載せて運んで来てくれていた彼女のお母さん――もしかして僕たちの孫かな？――が立っていて、「あらあら」

と目を丸くしていたけど、それにもかまってはいられなかった。

なんてことだ。あれから、七十年以上もあなたを待たせてしまっていたなんて。

一刻も早く、駆けつけるしかない。

一刻も早く——


「……幸！」


もどかしい思いで靴ひもを結び直し、亜紀ちゃんの家を飛び出す。青空の下、方向感覚が一瞬ぐるりと回転したが——身体が、たましいが憶えている。トキノサクラの咲く場所を、この僕が忘れる筈がない。

住宅街から、あなたの許へと走り出す。全力疾走するなんて久しぶりなのに、ちっとも苦しくならなかった。

やがて、春の強い風に運ばれて、降りそそぐ陽ざしの中に、ひとひら、ひとひら、桜の花弁が舞い込みはじめる。まるで——あなたが、僕を手招きしているみたいに。

いずれ、この風の中に半透明の花弁も混じりはじめるだろう。

眩しいほどの緑色に縁どられた山々の稜線と、世界を抱きしめるような桜の海が、住宅のあいだから堂々と、視界の中で翼を広げはじめる。あなたが僕へと両腕を伸ばしてくれるように。

桜は古来から、この国の人々により、さまざまな意味を複雑に与えられた花だ。生と死、そして再生……男性にとって、愛する女性を象徴する花でもあったという。そうした太古のイメージの中に僕は身を任せ、深く沈んで行く。さながら、胎内へと回帰していくように。

還って来た。僕は、ここに還って来るために、もう一度生まれたんだ。

逢いたい。逢いたい。

あなたを目指す僕の足取りは——今、どこまでも軽かった。

〈了〉

あとがき

作中でも触れている通り、ソメイヨシノという桜は、すべて同じ遺伝子を持つクローン植物なのですよね。

お話ではソメイヨシノの問題点ばかり挙げてしまいましたが、もちろん良《い》い点も数多くあります。花を一斉に咲かせてくれるので、お花見にもってこいであるわけだし。遺伝子が「みんな同じ」だから、同じ気象条件の下では同時に花がひらくためです。開花予想が可能なのも、そのおかげです。

とはいえ、近年ではだんだん、ソメイヨシノ以外の桜も注目を集めつつあるそうです。お花見のスタイルも多様化してきているとか。

その変化って、望ましいものだと思うのです。人々の価値観や生き方の多様化をも、桜たちは社会の鏡であるかのように映し出してくれているのかもしれません。——古来から日本人に愛され、この国の文化と密接に関わってきた花であればこそ。

違う価値観を認めることには時に痛みがともないますが、それでも、「みんな同じ生き方をしなければならない」という価値観には、やはり無理があるのだと思うから。

はじめまして、もしくは、大変ご無沙汰しております。渡来《わたらい》ななみと申します。前作の「想《おも》い出《で》の色、あなたに残します」から三年近い年月が流れてしまいました。去年このお話を書きはじめる前、もう小説の書き方を忘れているのではないかと少し心配しましたが（笑）、いざ書きはじめたら楽しくて楽しくて、忘れていたのはこの楽しさだったなと。登場人物たちに振り回されたり、逆に助けてもらったりしながら、エンディングまで渡り切ったような感じでした。……ああ、早く次のお話を書きたいなぁ。

長らくお世話になっております担当編集の清瀬《きよせ》さま、近藤《こんどう》さま、幻想的で素晴らしいイラストを描いてくださった中村至宏《なかむらゆきひろ》さま、装丁や校正など本作に関わってくださったすべての皆さま、そして、この本を手に取ってくださったあなたとの『縁』に深く感謝申し上げます。

このお話を、桜の季節に上梓《じょうし》できますことを大変幸せに思います。

どうか皆さまに、特別で素敵な春が訪れますように。

二〇一八年二月　渡来ななみ

渡来ななみ

著作リスト

天体少年。　さよならの軌道、さかさまの七夜（メディアワークス文庫）
想い出の色、あなたに残します（同）
さくらが咲いたら逢いましょう（同）
葵くんとシュレーディンガーの彼女たち（電撃文庫）

本書は書き下ろしです。

◇◇メディアワークス文庫

さくらが咲《さ》いたら逢《あ》いましょう

渡来《わたらい》ななみ

2018年3月23日　初版発行

発行者　郡司 聡
発行　株式会社KADOKAWA
〒102-8177　東京都千代田区富士見2-13-3
プロデュース　アスキー・メディアワークス
〒102-8584　東京都千代田区富士見1-8-19
電話03-5216-8399（編集）
電話03-3238-1854（営業）
装丁者　渡辺宏一（有限会社ニイナナニイゴオ）
印刷・製本　旭印刷株式会社

Printed in Japan
ISBN978-4-04-893692-7 C0193

メディアワークス文庫　http://mwbunko.com/
株式会社KADOKAWA　http://www.kadokawa.co.jp/

本書に対するご意見、ご感想をお寄せください。

あて先
〒102-8584　東京都千代田区富士見1-8-19　アスキー・メディアワークス
メディアワークス文庫編集部
「渡来ななみ先生」係

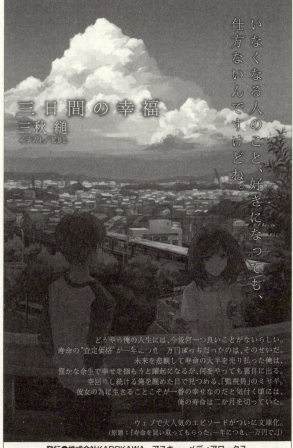